Wie ich den Wald retten wollte –

Ein fiktives Tagebuch aus einer brandenburgischen Kleinstadt

Die Personen und die Handlung der Geschichte sind frei erfunden. Etwaige Ähnlichkeiten mit tatsächlichen Begebenheiten oder lebenden oder verstorbenen Personen wären rein zufällig.

(Man glaubt doch nicht in echt, das sowas passieren könnte.)

Mein Name ist Mara Schreiber. Ich wohne mit meinem Mann und einem Hund in Wulfenfort, einem kleinen Städtchen im Norden Brandenburgs.
Genaugenommen wohne ich bei diesem Ort, denn ich habe das Glück, dass mein Haus im örtlichen Naherholungsgebiet steht. Es gibt hier noch zwei weitere Häuser mit netten Nachbarn, eine Gaststätte und eine ehemalige Baumschule, deren Flächen seit etwa dreißig Jahren nicht mehr bewirtschaftet werden.
Zuerst einmal vornweg: Ich bin die Tochter eines Försters. Damit sollte schon gesagt sein, dass mit die Liebe zum Wald eigentlich in die Wiege gelegt wurde.
Am liebsten gehe ich mit meinem Hund spazieren. Täglich ziehen wir größere und kleinere Kreise durch unser Heidenholz. So heißt das Waldstück, welches von den Wulfenforter Einwohnern rege zur Erholung genutzt wird.
Man trifft zu fast allen Tageszeiten Läufer, Reiter, Spaziergänger mit und ohne Hund. Einzelne Menschen, Familien und Gruppen

nutzen den nahegelegenen Wald um sich zu erholen.
Ich genieße das sehr und brauche das auch, denn ich sitze den größten Teil des Tages am Computer und schreibe. Unter einem Pseudonym veröffentliche ich Liebesromane. Ich habe mich für dieses Genre entschieden, weil ich denke, dass es schon genug Gewalt und Mord in der Welt im Allgemeinen und auch in der Literatur im speziellen gibt.
Meine Romane laufen ungefähr so ab. Es gibt ein Problem und das spitzt sich zu. Dann gibt es eine Lösung und alle, oder zumindest meine Helden, sind glücklich. Das sind halt Märchen, Märchen für Erwachsene. Dass das echte Leben sich nicht an meine Schreibregeln hält, musste ich leider am eigenen Leib erfahren.

Wie alles begann:

Sonntag 9. Oktober

Ich kann mich wirklich nicht beklagen. Meine Welt ist in Ordnung. Ich bin gerade richtig gut im Schreibflow. Der Herbst ist wunderschön. Menschen und Tiere sind alle gesund und munter. Eigentlich ist alles so, wie es sein sollte. Zumindest wie ich es am Liebsten habe.
Dieses gute Gefühl ändert sich zuerst einmal auch nicht, als meine Mutter beim Spazierengehen herein schaut um einen Schwatz mit uns zu halten. Ganz nebenbei erwähnt sie, dass man ihr erzählt hat, dass der ABM-Verein, der einige offene Beete auf dem Gelände der alten Baumschule Heidenholz bewirtschaftet, ein anderes Objekt bekommt. Niemand weiß, wer die Fläche dann pachten wird. Wir rätseln eine

Weile herum. Aber weil sie noch mehr zu berichten hat, kommen wir auch wieder vom Thema ab.

Erst beim Abendbrot schauen mein Mann und ich uns nachdenklich an. Wir haben hier eine kleine Weihnachtsbaumplantage, die wir mit mäßigem Erfolg, aber mit viel Liebe betreiben. Die ist sozusagen das Erbe meines Förster-Papas. Wir haben fast nur Stammkunden, verzichten auf den Einsatz von Chemie und können die Gewinne daraus an einer Hand abzählen. Trotzdem hängen wir an diesem Nebenerwerb und mögen die vorweihnachtliche Hektik beim Bäumeverkaufen.

Wenn sich jetzt ein großer Weihnachtsbaumproduzent auf die Fläche der ehemaligen Baumschule vor unsere Nase setzt, dann können wir aber dicht machen. Diese Aussicht sorgt dafür, dass uns das Abendbrot nicht mehr so richtig schmecken will. Aber irgendwie haben wir beide auch keine Idee, was wir machen könnten.

Montag 10. Oktober

Die Vorstellung dass sich hier vor meiner Nase ein anderer Weihnachtsbaumverkäufer ansiedeln könnte wird immer größer und hat mich die ganze Nacht nicht schlafen lassen. Es nervt schon, dass die ABMer vom Verein Pusteblume, der sich derzeit auf dem Gelände der ehemaligen Baumschule befindet, auch Schmuckreisig und Weihnachtsbäume verkaufen. Wenn da ein echter Profi einsteigen würde, dann können wir wirklich einpacken. Ganz gleich, ob wird den Ehrgeiz haben unsere Bäume ohne Chemie aufzuziehen oder nicht. Angriff ist die beste Verteidigung, denke ich mir. Bevor das jemand anderes pachtet, werde ich mich darum kümmern.

Also suche ich mir die Nummer vom Liegenschaftsamt oder wie es offiziell heißt: Fachgebiet Liegenschaften und Zentrales Gebäudemanagement unserer Stadt aus dem Internet heraus. Als ich dort anrufe, habe ich Herrn Ader am Telefon, der mir so gut wie keine Auskunft gibt. Ich bekomme das Gefühl, dass er sich bei jeder meiner Fragen wie ein Aal windet. Ich spreche ihn direkt darauf an und frage ihn, warum er sich so bedeckt halten würde. Seine Antwort lautet, dass er das nun mal müsse. Ich versuche ihm wenigstens den kleinsten Hinweis zu entlocken, ob es überhaupt Sinn machen würde, sich weiter mit Pachtgedanken für diese Fläche zu tragen. Er meint wenn er mir darauf antworten würde, dann würde er sich ja nicht mehr bedeckt halten.

Wo er Recht hat, hat er Recht. Das hilft mir aber auch nicht weiter. Und seinen Hinweis sich an

Herrn Bayer, den Chef der ganzen Abteilung zu wenden, den finde ich auch nicht gut.
Ich kenne diesen Menschen nicht. Und ja, man soll sich nicht von Vorurteilen leiten lassen. Aber ich habe bisher nichts Gutes über ihn gehört. Arrogant und unhöflich sind dabei wohl noch die schmeichelhaftesten Charakterzüge, die ihm nachgesagt werden.
Darum habe ich echt keinen Bock, da anzurufen und mir vielleicht komisch kommen zu lassen. Für heute habe ich genug Charme umsonst versprüht. Eigentlich fällt es mir ja nicht so schwer, Leute ins Gespräch zu verwickeln und ab und zu mal einige Informationen zu erhalten. Diesmal habe ich aber auf Granit gebissen. Ich habe jetzt weder Lust noch Nerven auf eine zweite Runde. Das Telefonat hat mir schon gereicht. Wenn es einen Preis fürs Ausweichen und Nichtsagen gäbe, dann würde ich den Herrn Ader auf alle Fälle nominieren. Also beschließe ich, dass ich jetzt meine Nerven schone und erst einmal eine Nacht über dieses Gespräch schlafe.

Dienstag 11. Oktober

Weil ich auch am nächsten Tag absolut keine Lust habe, den vermeintlich unfreundlichen

Chef vom Liegenschaftsamt anzurufen, entscheide ich mich den modernen Weg zu gehen. Schließlich ist es heutzutage gang und gebe die elektronischen Medien zu nutzen. Dummerweise vergesse ich es, bei meiner Mail den Haken in dem Feld "*Lesebestätigung anfordern*" zu machen. Das wird mir noch auf die Füße fallen. Im Übrigen kann ich inzwischen selbst das nicht mehr als ausreichend ansehen. Mit meinen heutigen Erfahrungen würde ich immer eine Übermittlungsbestätigung anfordern.

Aber was weiß ich denn schon, wie es in so einer Verwaltung abgeht. Ich sitze in meinem kleinen Häuschen und schreibe über gebrochene Herzen, große Gefühle und erfinde stets ein glückliches Ende für meine Protagonisten. Eben wegen dieser Harmoniesucht habe ich also wirklich keine Lust mir von jenem Liegenschaftsamtschef Beyer eine ranzige Abfuhr zu holen. Ich schicke also an ihn, den stellvertretenden Bürgermeister und eine Sachbearbeiterin, deren Namen ich sympathisch finde, eine Mail mit folgendem Wortlaut:
Sehr geehrte Damen und Herren,
laut unbestimmten Informationen soll das Gelände der ehemaligen Baumschule im Heidenholz nicht länger genutzt werden. Falls dieses Gerücht stimmt, hätte ich Interesse daran es zu nutzen. Bitte teilen Sie mir mit, ob diese Möglichkeit besteht und welche Bedingungen daran geknüpft sind.

Mit freundlichen Grüßen Mara Schreiber
Dann warte ich.
Und ich warte.
Und warte.
Tagelang.
Wochenlang.
Es kommt keine Antwort. Dabei habe ich doch an drei Leute geschrieben, damit meine Mail auch ja nicht verloren geht. Irgendeiner muss sich doch mal melden. Ich will noch mal nachfragen, vergesse es aber immer wieder, weil mir irgendwelche Sachen wichtiger erscheinen. Doch plötzlich überschlagen sich die Dinge.
Dabei fängt alles so harmlos an.

Sonntag 6. November

Obwohl wir hier im Wald wohnen, ist es längst nicht so einsam, wie man sich das vielleicht so vorstellt. Es gibt hier wie erwähnt noch weitere Häuser, die sich verstreut zwischen die Bäume ducken.
Nachbar Nummer eins kommt zufällig vorbei, um mit meinem Mann einen Schwatz über den Gartenzaun zu halten. Ich geselle mich dazu. Wir reden über dieses und jenes. Und tauschen Neuigkeiten aus. Eine davon haut mich glatt vom Hocker: Auf dem gesamten Gelände der

ehemaligen Baumschule, das seit fast 30 Jahren nicht bearbeitet wird und einfach so verwildert ist, soll eine Erdbeerplantage entstehen. Oder irgend so etwas in der Richtung.

Ich bin entsetzt. Das geht doch nicht! Man kann doch nicht einfach ein Stück Wald abholzen und eine landwirtschaftliche Monokultur daraus machen. Die Bäume und Sträucher stehen dort schon länger als ein viertel Jahrhundert. Das ist in meinen Augen ein richtiger Frevel!

Ich wundere mich und bin total empört, dass man mir nicht einmal auf meine Mail geantwortet hat, und nun das ganze Stück sogar verkaufen will. Das wiederum findet der Nachbar interessant, weil man den Stadtverordneten wohl nichts von meiner Anfrage erzählt hat. Dafür gibt es noch andere brisante Informationen. Angeblich sei der zukünftige Käufer recht eng mit dem Chef vom Liegenschaftsamt verwandt.

Wenn das so wäre, dann wäre das ja Amtsmissbrauch und Korruption, empören wir uns gemeinsam. Aber weil wir nichts Genaues wissen, wollen wir mal lieber nicht so laut schreien. Schließlich kann es sich hier ja auch um irgendwelches böswilliges Geschwätz handeln. In so einer kleinen Stadt, wie in Wulfenfort, kocht die Gerüchteküche ja schnell hoch. Und überhaupt: Die Tatsache, dass lebendiger Wald abgeholzt werden soll, um einer Plantage, die voll mit Dünger und Chemie gepumpt werden wird, Platz zu machen, regt mich sowieso viel mehr auf, als interne Machenschaften in der Stadtverwaltung. Nichts desto trotz, will der Nachbar morgen Abend zur öffentlichen Sitzung des Stadtentwicklungsausschuss gehen und die Sache mal hinterfragen. Ich sage ihm, dann soll er auch gleich mal nachhaken, warum ich denn auf meine Anfrage keine Antwort bekommen habe.

Wir sind alle drei der Meinung, dass das ein guter Ansatz ist, um mal herauszubekommen, was da wirklich so abgeht. Allerdings können wir uns überhaupt nicht vorstellen, wie sich das Geschehen nun noch weiter entwickeln wird. Immerhin geht die Fantasie mit mir schon wieder mal durch. Vor meinem geistigen Auge sehe ich unzählige Vögel, Kleintiere und andere Lebewesen ihres Lebensraums beraubt. Sie ziehen weinend und wehklagen aus ihrer Heimat, denn sie verlieren durch das Abholzen der bewachsenen Flächen Haus und Hof. Ich kann mir das echt gut ausmalen, welche Tragödien sich da abspielen. Das Ganze könnte man so wie das Kinderbuch »Der Wind in den Weiden« aufbauen. Wenn es nicht so eine traurige Geschichte wäre, würde vielleicht eine wirklich lehrreiche Erzählung entstehen. Aber ich mag keine Storys ohne Happy End und so lasse ich diese Idee wieder fallen.

Dienstag 08. November

Als ich früh vom Hühnerfüttern ins Haus komme, klingelt das Telefon. Ich bin nicht schnell genug. Als ich den Hörer abnehme, ist niemand mehr dran. Dafür finde ich dann eine Mail in meinem Postfach.
Sehr geehrte Frau Schreiber,
Ihre E-Mail vom 11.10.2016 an den stellvertretenden Bürgermeister ist mir zur Bearbeitung übergeben worden. Ich würde mich gern zum Sachverhalt mit Ihnen in einem persönlichen Gespräch verständigen. Leider kann ich Sie zwecks Terminabsprache derzeit nicht telefonisch erreichen. Ich bitte Sie daher um Ihren Rückruf.
Mit freundlichen Grüßen
Ader
Oh, wie erstaunlich! Gestern war die Versammlung, auf die Nachbar Nummer eins gehen wollte. Wie ich ihn einschätze, hat er kein Blatt vor den Mund genommen und gerade 'eraus gefragt, warum man mir auf meine 'reiben nicht geantwortet hat. Anders kann ir diese Kontaktaufnahme nach so vielen ` nicht erklären.
ich diesen Fachgebietsleiter der
'tung für Liegenschaften und
äudemanagement (Wow, was für
'r Herr am Telefon erklärt mir,
z oft versucht hat, mich zu

erreichen, was aber bisher nicht geklappt hätte.
Ich sinniere so bei mir, dass er mir viel erzählen kann, verkünde aber laut, dass ich eine vielbeschäftigte Frau bin.

Die Vorstellung der Stadtverwaltung sieht nun auf einmal so aus, dass sich mein Gesprächspartner gern mit mir treffen würde, um die Sachlage in einem persönlichen Gespräch zu erörtern. Am liebsten heute noch. Die Sachlage erörtern. Na das ist ja eine hübsche bürokratische Formulierung.

Und überhaupt: Hallo? Ich denke ich höre nicht richtig. Glauben die echt ich stehe hier Gewehr bei Fuß und warte nur darauf, dass die sich bei mir melden. Mit Bedauern in der Stimme bemerke ich, dass ich heute gar keine Zeit habe und es in dieser Woche ganz schlecht ist, und schlage den nächsten Dienstag vor.

Weil man mich aber so richtig höflich bittet, es diese Woche noch einzurichten, lasse ich mich gerade so auf den Freitag ein. Ich tue so als ob ich das nur mit Anstrengung hin bekomme, dabei ist das mein freier Tag. Aber schließlich hatte ich den auch anders geplant, als ihn auf dem Amt zu verbringen.

Ich lege den Hörer auf, ziehe meine Jacke an und marschiere schnurstracks zu Nachbar Nummer eins. Der hat tatsächlich am Vorabend auf der Fragestunde beim Stadtentwicklungsausschuss in den Raum geworfen, dass es verwunderlich

ist, dass ich auf meine Anfrage nach einer Pachtmöglichkeit keine Antwort erhalten habe. Wir grinsen beide ein bisschen in uns hinein und verabreden uns für den nächsten Abend, um mal ausführlich über die Sache zu reden.
Beim Nachhause kommen leere ich meinen Briefkasten aus und finde ein Schreiben von der IHK. Die Industrie und Handelskammer veranstaltet gerade eine schriftliche Unternehmensbefragung zur Attraktivität des Wirtschaftsstandortes. Na das passt ja voll zum Thema, denke ich und nehme mir gleich den Fragebogen vor.
Obwohl ich als Autorin arbeite, besitze ich auch eine Gewerbeanmeldung. Schließlich will ich doch meine Weihnachtsbäume nicht schwarz verkaufen. Bisher war ich ja immer der Meinung: *„Gebt dem Kaiser, was des Kaisers ist."* Ich habe alle meine Aktivitäten angemeldet und zahle darauf auch die fälligen Steuern. Bis dato saß ich fröhlich und zufrieden in meinem Wald. Noch vor einem halben Jahr wollte ich sogar meinen Mann überreden, dass wir unsere Rechtsschutzversicherung kündigen. Das Geld dafür hätte ich gern gespart, weil wir uns ja eh nicht streiten würden. Zugegeben: Irgendwie konnte ich zu dem Zeitpunkt die Ausmaße des Kommenden überhaupt nicht einschätzen. Sei es drum, mein Liebster bestand darauf, den Vertrag beizubehalten und hat sich auch durchgesetzt. Ich hätte nicht gedacht, dass ich

mal froh darüber sein würde.
Weil ich ja, wie erklärt, seit Jahren als selbstständig zähle, bekomme ich also auch so einen Brief von der IHK. Eigentlich möchte ich niemanden in die Pfanne hauen, aber ich bin sauer, dass mir die Stadt nicht auf meine Mail geantwortet hat und nun rumdrängelt. Ich habe keine Lust nett zu sein und ertappe mich dabei, dass ich bockig werde. Dementsprechend ungnädig fällt nun auch meine Bewertung aus.
Auf Seite 1 wird beispielsweise gefragt: Was verbinden sie mit Ihrer Standortgemeinde? Man kann von 1, trifft sehr zu, bis 6, trifft gar nicht zu, wählen. Heimat bekommt bei mir die Note 1. Dynamik, Wirtschaftskraft und Innovationskraft schaffen es gerade mal auf 4.
Auf Seite 2 wird dann später nach der Kommunalen Verwaltung gefragt. Es geht um ein „offenes Ohr" für Wirtschaftsfragen, die generelle Erreichbarkeit, die Bearbeitungsdauer von Anliegen und Verfahren, die Transparenz bei Entscheidungen und ähnliches. Ich soll einmal die Bedeutung einschätzen und in einer zweiten Tabelle meine Zufriedenheit darstellen. Na das passt ja genau zu meiner Situation, denke ich und gebe als Bedeutung die Note 1. Meine Zufriedenheit dagegen schwankt zwischen 5 und 6.
Weiter unten taucht dann auch noch die Frage auf, ob es in unserer Stadt besondere

bürokratische Hemmnisse gibt. Im Augenblick fallen mir dazu nur die bürger-unfreundlichen Öffnungszeiten der Stadtverwaltung ein. Ich weiß in diesem Moment allerdings noch nicht, was sich mir noch so alles in den Weg stellen wird.

Mittwoch 09. November

Mein Gatte und ich marschieren am Abend zum Nachbarn Nummer eins. Dort setzen wir uns an seinen großen Holztisch und überlegen, was wir von der ganzen Sache mit der alten Baumschule Heidenholz halten sollen, und ob wir etwas tun können. Eines ist keine Frage für uns. Wir finden, dass es doch wirklich eine Schande sei, den vorhandenen Baumbestand abzuholzen und dort eine Monokultur anzupflanzen. Irgendwie können wir diese Idee nicht nachvollziehen. Das ist doch ein Teil unseres Naherholungsgebietes. Wieso sollten die Stadtverordneten so einem Handel zustimmen? Warum außerdem sollte man Wald verkaufen, der für alle da ist? Das kommt uns alles recht spanisch vor. Der Nachbar meint, dass die Leute auf der letzten Versammlung vom Stadtentwicklungsausschuss, wohl nicht mal eine Ahnung gehabt hätten, um welches Gebiet es sich denn eigentlich handeln würde. Auch

darüber wundern wir uns, kommen aber zu keinem schlüssigen Ergebnis. Auf die eine oder andere Weise ist alles sehr komisch. Zumindest beschließen wir, wachsam zu bleiben. Aber am Ende vertrauen wir doch noch auf den gesunden Menschenverstand. Heute kann ich nur den Kopf über so viel Blauäugigkeit schütteln.
In der Nacht kann ich nicht schlafen. Vielleicht liegt es daran, dass in den Medien gerade der größte "Supermond" seit 70 Jahren angekündigt wird. Er wird zwar erst am Montag am Himmel erwartet, aber ich bin sowas von mondfühlig, dass ich schon immer einige Tage vor dem Vollmond kaum zur Ruhe komme. An anderen Tagen habe ich mich noch nicht mal richtig zugedeckt, da schlafe ich schon wie ein Murmeltier.
Also entweder ist das der erwartete Supermond oder die Geschichte mit dem Wald. Irgendwas lässt mich nicht zur Ruhe kommen. Also stehe ich in der Nacht auf und verfasse ein Schreiben an die Stadtverordneten. Schließlich sollen die doch erfahren, worum es hier wirklich geht, wenn sie, so wie wir vermuten, schon keine Ahnung von dem ganzen Deal haben.
Mein Text ist fertig und ich will ihn nun an alle gewählten Vertreter des Volkes schicken. Dabei stoße ich auf ein unerwartetes Hindernis. Es gibt auf der offiziellen Internetseite unsere schönen Stadt Wulfenfort zwar eine Liste mit allen

Namen, die man sogar anklicken kann. Aber wer dann ein Bild und eine Mail-Adresse erwartet, der wird schwer enttäuscht. Kein Foto, eventuell die Postadresse, manchmal eine Telefonnummer, aber keine Möglichkeit eine Mail zu schicken.

Zum Glück, weiß ich ja, was der Eine oder die Andere für einen Job hat. Das ist der Vorteil, wenn man in einer Kleinstadt lebt. Also mach ich mir die Mühe und suche einzeln nach den Mailadressen. So erreiche ich zwar nicht alle, wie ich es ursprünglich vorgehabt habe, aber immerhin kann ich mindestens sieben Leute direkt anschreiben und noch einige weitere per Formular auf deren Internetseiten informieren. Dann schicke ich das Ganze noch ans Umweltamt in die Kreisstadt, an meine Nachbarin Nummer zwei und einige Bekannte und Freunde aus der Gegend.

Außerdem maile ich meinen Aufruf zur Rettung des Baumbestandes auch noch an den BUND. Wer, wenn nicht der Bund für Umwelt und Naturschutz, sollte hierzu eine Meinung haben. Schließlich fordern sie mich ständig auf, für irgendwas zu spenden. Was ich auch ab und zu tue. Jetzt brauche ich sie mal. Wäre doch toll wenn sie mir helfen könnten.

Mein nächtlich verfasstes Schreiben liest sich übrigens so:

Wie ich erfahren habe, soll demnächst über den Verkauf der ehemaligen Fläche der Baumschule

Heidenholz in Wulfenfort durch die Stadtverordneten abgestimmt werden. Ich möchte Sie bitten bei Ihrer Entscheidung folgendes zu bedenken:
Eine einmal verkaufte Fläche ist für die Stadt Wulfenfort unwiederbringlich verloren. Damit steht auch den Bewohnern der Stadt ein Gelände mit bedeutendem Erholungswert nicht mehr zur Verfügung.
Durch die jahrzehntelange extensive Nutzung der ehemaligen Baumschulflächen konnte sich dort eine einmalige Flora und Fauna entwickeln, die ihresgleichen sucht. Die vormals als Schattenspender für die Jungpflanzen im Baumschulbetrieb angepflanzten Quartiere von verschiedenen Gehölzen sind inzwischen zu Refugien geworden, die unzählige Vögel, Insekten und andere Tiere beherbergen. Damit entstanden ökologische Rückzugsorte der besonderen Art.
Laut unbestimmter Informationen soll auf diesem Gelände eine Erdbeerplantage errichtet werden. Damit würde eine einmalige Naturlandschaft vernichtet werden, die in der Gegend ihresgleichen sucht. Außerdem befindet sich das Gebiet im Trinkwassereinzugsgebiet. Der hohe Düngebedarf einer intensiven landwirtschaftlichen Nutzung, wie er bei einer Erdbeerplantage nötig ist, hätte sicher auch Einfluss auf die Trinkwasserqualität.
Der Erholungswert des Areals würde, über das Jahr gesehen, gegen null sinken und das Heidenholz als Naherholungsgebiet wäre um einige Hektar ärmer. Viele Spaziergänger nutzen die jetzt noch teilweise

frei zugänglichen Flächen zu Erholung und Entspannung. Das lässt sich sicher nicht mit einigen Wochen Erdbeerpflücken und einer eventuellen Festveranstaltung aufwiegen.
Ich habe vor einigen Wochen einmal einen Antrag die Stadt Pritzwalk gestellt, weil ich einen Teil der Flächen pachten wollte. Das geschah nicht ganz uneigennützig. Wie sicher bekannt ist, betreibe ich eine kleine Weihnachtsbaumplantage. Als mich die Gerüchte erreichten, dass sich der Verein Pusteblume aus dem besagten Gelände zurückziehen würde, hatte ich Sorge, dass sich ein anderer Weihnachtsbaum-Produzent vor meine Nase setzen könne. (Ich habe übrigens mehr als 4 Wochen auf eine Antwort warten müssen und bin erst in dieser Woche zu einem Gespräch eingeladen worden)
Inzwischen erscheint die Sachlage aber ganz anders. Ich brauche wohl keine Konkurrenz mehr zu befürchten. Stattdessen sieht es so, aus als würde das vorhandene relativ naturbelassene Kleinod einer reizlosen Monokultur weichen müssen.
Damit entsteht der Umwelt, dem Erholungsort Heidenholz und auch der Stadt Wulfenfort wahrscheinlich ein unwiederbringlicher Schaden.
Um diesen abzuwenden, halte ich mein Angebot die gegenwärtige Fläche zu pachten aufrecht. Sie könnte auf verschiedene Weise genutzt werden. Einerseits würde ich versuchen eine Übereinkunft mit dem derzeitigen Nutzer zu treffen, damit dieser Verein weiter seine Aufgaben ausführen kann. (Der Verein Pusteblume baut derzeit Gemüse für die Tafel an.) Anderseits könnte ich einige der bestehenden

Freiflächen nutzen, um Schafe für die Landschaftspflege zu züchten. Zudem ist eine Zusammenarbeit mit dem örtlichen Sportverein angedacht, um Präventionskurse für die Gesundheitsförderung auch im Freien abhalten zu können. Weitere Kooperationen mit anderen Ideengebern sind selbstverständlich willkommen. Die Möglichkeiten, die sich dadurch für die Stadt und ihre Bewohner ergeben sind vielfältig und werden gerade in einem Ideenpool zusammengetragen. Bitte sorgen Sie dafür, dass das einzigartige Refugium der ehemaligen Baumschule als ökologische Nische erhalten wird und nicht einer Monokultur zum Opfer fällt.
Mit freundlichen Grüßen
Mara Schreiber

Zum Glück gibt es ja Google und ich schicke noch zwei Draufsichten auf das Gelände mit, damit sich niemand herausreden kann, dass er nicht weiß um welches Gebiet es sich handelt. Nach diesem Mail-Marathon bin ich nun allerdings rechtschaffend müde. Ich gehe, sehr mit mir zufrieden, endlich ins Bett. Es ist 2:00 Uhr in der Nacht und schon Donnerstag.

Auf in den Kampf

Freitag 11. November

Endlich tut sich mal was. Ich habe an diesem Tag den Termin beim (so wie es amtsdeutsch heißt) Fachgebiet Liegenschaften und zentrales Gebäudemanagement.
Ich grüble, was mich erwartet.
Und ich überlege, was ich anziehen soll. Mache ich einen auf Business und hole das Kostüm für die offiziellen Anlässe aus dem Schrank? Schließlich will ich mich als zukünftige Pächterin darstellen. Oder gebe ich lieber die Waldfrau? Ich entscheide mich für letzteres. Immerhin ist das Thema meines Konzeptes, das ich mehr oder weniger im Kopf habe, die Natur. Aber so ganz unbedarft will ich da auch nicht hingehen. Also schminke ich mich trotzdem etwas und hübsche mich auf. Dezent, aber immerhin.
Vorsorglich lade ich auch mein Handy und suche nach der App für die Sprachmemo. Ob es Sinn macht das Gespräch heimlich mitzuschneiden? Ich komme mir ein bisschen vor, als gehöre ich zum Team Wallraff. Also

probiere ich aus, ob man noch etwas hört, wenn ich das eingeschaltete Handy in der Brusttasche meiner Jacke verstecke. Es klingt ein bisschen dumpf, aber man kann etwas verstehen. Wahrscheinlich tue ich dem armen Menschen auf dem Amt Unrecht, wenn ich Ungemach wittere. Ich wundere mich ein bisschen, warum mir gerade dieses antiquierte Wort einfällt. Warum eigentlich hat man immer so ein komisches Gefühl im Bauch, wenn man mit den Behörden zu tun hat?

Meine Bedenken sind unnötig. Der Mann hinter dem Schreibtisch ist ganz nett und höflich. (Das Handy lasse ich aber trotzdem eingeschaltet. Später merke ich: Mich kann man gut verstehen, bei ihm muss man doch ganz schön die Ohren spitzen.)

Allerdings beginnen wir nicht ganz so entspannt, wie es jetzt hier so klingt. Zuerst meinte er, dass wir schon einmal miteinander telefoniert hätten. Es dauert eine Weile, bis ich mich erinnere, dass er derjenige war, der so überhaupt nicht mit der Sprache rausrücken wollte. Herr Ader weist mich darauf hin, dass er mir damals gesagt hätte, dass ich mich mit meinem Anliegen an den Chef vom Sachgebiet hätte wenden sollen. Das habe ich doch, äußere ich. Ich habe ihm eine Mail geschickt. Für mein Gegenüber scheint das aber nicht zu zählen. An jemanden wenden, heißt für ihn wohl zum

Telefon greifen. Ich habe auch jetzt keine Lust ihm zu erklären, warum ich wirklich null Bock hatte, diesen Menschen anzurufen. Wer will schon Negatives über seinen Chef hören? Also bestehe ich darauf, dass eine Mail schreiben auch ein An-jemanden-wenden ist. Wir reden also eine Weile aneinander vorbei, bis ich etwas verschnupft bemerke, ob er mir denn ein Versäumnis vorwerfen will. Das will er nun auch nicht und wir wenden uns der Sachlage zu, wie es so schön heißt.

Ich erkläre meine Beweggründe und betone, dass ich es unverantwortlich finde, dass man Wald in eine landwirtschaftliche Monokultur verwandeln will. Sein Argument, dass da gar nicht so viele Bäume stehen würden, entkräfte ich triumphierend. Schließlich war mein Vater der letzte Chef der Baumschule und ich habe selber einige Zeit dort auf dem Gelände gearbeitet. Dann will er mir noch erzählen, dass das ganze Areal eingezäunt wäre, was ich auch wieder vehement bestreite. Ich zeige ihm auf dem Monitor seines Computers, welche Teile frei zugänglich sind.

Es fällt immer der Begriff Investor. Das klingt so bedeutend und gewaltig. Für mich ist es keine Investition und schon gar nicht in die Zukunft, wenn man einen bestehenden Baumbestand abholzt. Aber das behalte ich erst einmal für mich. Ich will mich nicht streiten, will nicht laut werden. Und ich will auch nicht den Verdacht

äußern, dass die Vergabe nicht ganz mit rechten Dingen zugehen könnte, weil eben der Investor und der Chef vom Liegenschaftsamt etwas miteinander verwandt seien. Nein, ich will doch inzwischen nur den Wald retten.
Während ich das so denke, bin ich auf einmal von mir selber irritiert. Wie kann man denn »etwas miteinander verwandt sein«? Manchmal komme ich aber auch auf komische Formulierungen!
Aber im Grunde ist die Stimmung ganz nett und sachlich. Mich beschleicht das Gefühl, das ich ihn, wenn er was zu entscheiden hätte, wohl überzeugen könne. Immerhin fragt er mich, ob ich die ganzen 10 Hektar pachten würde. Und das zu einem Preis von 200 € pro Jahr und Hektar. Das sind immerhin 2000 € im Jahr. Das ist kein Pappenstiel. Vom Liebesromaneschreiben wird man nur reich, wenn man Rosamunde Pilcher oder ähnlich heißt. Ich mache aber einen auf selbstbewusst und hoffe, dass er mir nicht ansieht, wie ich mir im Stillen überlege, wo ich denn das Geld eigentlich hernehmen soll. So viel verdiene ich mit meinen Büchern auch noch nicht. Immerhin stehe ich erst am Anfang einer, da bin ich ganz sicher, vielversprechenden Karriere. ber ich verkünde voller Elan, dass ich eine ganze Menge Ideen hätte. Das stimmt ja auch. Ich habe in meinem A5-Projektbuch zwei Seiten voll mit

Nutzungsmöglichkeiten gesammelt. Alles was mir so eingefallen ist. Und das ist so eine Unmenge von Gedankenblitzen, dass ich selber staunen muss.

Mein Gegenüber meint, dass er so schnell und so viel nicht mitschreiben könne und ich erkläre großzügig, dass er sich meine Aufzeichnungen kopieren darf. Ich habe sie extra mit der Hand geschrieben, damit niemand auf die Idee kommt, dass ich schon fertig mit meinen Überlegungen bin. Also meine Notizen sind weit entfernt davon ein vollständiges Konzept zu sein. Ich grinse ein bisschen in mich rein. Wenn der Herr Ader zwei Seiten weiter blättern würde, was er zum Glück nicht tut, würde er den Plot für eine romantische Szene aus meinem jüngsten Roman finden. Ich glaube jedoch nicht, dass er für so etwas Interesse hat.

Während er den Kopierer bedient, betone ich mehrmals, dass ich nichts gegen eine Erdbeerplantage habe. Dass ich die Früchte sehr gerne essen und mich sogar verpflichten würde, jedes Jahr einen ganzen Eimer zu kaufen. Der Investor kann seine Plantage machen, wo immer er will. Nur soll dafür nicht ein Stück Wald geopfert werden.

Ich glaube, ich habe den armen Menschen mit meinen Vorschlägen und Argumenten ganz schön überrumpelt. Mittlerweile hat er kaum noch Einwände, die er vorbringen kann.

Plötzlich klingelt das Telefon. Natürlich hebt er

den Hörer ab und spricht ohne weitere Sinndeutung nur folgende Worte: "*Ja, die ist gerade hier.*" Und dann legt er wieder auf. Irgendwie warte ich auf eine Erklärung, aber es kommt nix. Oha! Sollte das am anderen Ende etwa der Chef vom Liegenschaftsamt gewesen sein? Ich denke mir meinen Teil und erzähle weiter, wie toll das Gelände der ehemaligen Baumschule ist und was man da alles machen könnte. Meine Vorschläge zielen in die Richtung, was die Bürger der Stadt davon haben, wenn es nicht verkauft wird. Selbst beim Reden fallen mir noch tausend neue Sachen ein.

Wir unterhalten uns noch eine Weile ganz friedlich und dann ist alles gesagt. Natürlich habe ich hier und heute gar nichts erreicht. Und ich bin mir nicht einmal sicher, ob ich einen heimlichen Befürworter gefunden habe. Zumindest deute ich seine Körpersprache beim Verabschieden so, als ob er mir sagen würde: Ich würde ja gern, aber ich kann nicht.

Keine Ahnung, ob ich mit dieser Einschätzung richtig liege. In der nächsten Zeit werde ich mehr als einmal, an meinem gesunden Menschenverstand und an der gesamten Menschheit im Allgemeinen, zweifeln oder sogar verzweifeln. Aber das kann ich ja noch nicht wissen.

Samstag 12. November

Ich bin heute den ganzen Tag unterwegs und werde von verschiedenen Leuten auf meine Mail an die Stadtverordneten angesprochen. Die Sache hat sich relativ schnell in der Stadt verbreitet. Irgendwie habe ich das Gefühl, dass das allgemeine Interesse darin besteht, verwandtschaftliche Verflechtungen bei dem anstehenden Verkauf des Areals für die Erdbeerplantage aufzudecken. Der Käufer soll ja der Schwager des Chefs vom Liegenschaftsamt sein. Ehrlich gesagt ist mit das ziemlich egal. Nachdem ich vor einigen Tagen mit dem Hund über die besagte Fläche gestromert bin, habe ich nur eines im Sinn: Ich will den Wald retten und verhindern, dass Bäume und Sträucher, die dort schon seit etwa 30 Jahren stehen, abgeholzt werden. Vergessen ist die Sorge um einen eventuellen Konkurrenten beim Weihnachtsbaumverkauf. Ich wäre doch nicht mal im Schlaf auf die Idee gekommen, dass man im städtischen Naherholungswald etliche Hektar abholzen könne. Ich hatte mit irgend so einem Typen gerechnet, der sich hier vor meine Nase setzt und auf der freiwerdenden Fläche des Vereins Pusteblume Nordmanntannen anbaut. Das hätte mir ehrlich gesagt nicht wirklich gefallen. Schließlich geht unser eigenes Weihnachtsbaumgeschäft, seit der Tannen-

Meyer seine konventionelle Plantage vor der Stadt errichtet hat, nicht besonders gut. Wir haben zu wenige Bäume im Vergleich zu so einem Großproduzenten. Und unsere Exemplare wachsen auch noch zu langsam. Ohne Chemie dauert eben alles seine Zeit. Aber wir lieben den vorweihnachtlichen Trubel und nehmen es sportlich. Zum Glück müssen wir nicht davon leben, sondern betrachten es als willkommene Jahresendprämie für die Weihnachtsgeschenke. Was uns die ganze Sache an Geld und Arbeit übers Jahr kostet, das ignorieren wir beflissentlich.

Inzwischen ist aber alles ganz anders. Wir brauchen keine Konkurrenz beim Tannenbaumverkauf zu fürchten. Dafür müssen sich die Tiere des Waldes gewaltig Sorgen machen, wo sie demnächst unterkommen können. Alles was da kreucht und fleucht wird seinen Lebensraum verlieren, wenn der Kahlschlag kommt. Ich mag mir das gar nicht weiter vorstellen. Natürlich werfe ich mir bei diesen Gedanken auch ein gehöriges Maß an Sentimentalität vor. Mein Vater war Förster und mein Mann ist Holzfäller. Ich müsste doch mit solchen Sachen umgehen können. Oder fällt es mir gerade deswegen so schwer?

Je länger ich über dieses ganze Thema nachdenke, desto klarer wird mir, dass ich das irgendwie nicht auf sich beruhen lassen will.

Einmal in seinem Leben muss man wohl etwas tun, was vollkommen irrational ist. Genau genommen habe ich nichts davon, wenn ich mich jetzt hier engagiere. Ich habe zwar tausendundeine Idee, was man alles auf der Fläche der alten Baumschule machen könnte. Es wäre auch schön, das alles in die Tat umzusetzen. Aber wenn das nicht klappen sollte, dann wäre ich deswegen nicht am Boden zerstört. Was mir allerdings wirklich an die Nieren gehen würde, das wären zehn Hektar Monokultur an Stelle vieler verschiedener Bäume und Sträucher. Also bleibt mir nichts anderes übrig, als den Wald zu retten. Ich habe keine Ahnung wie ich das anfangen soll. Ehrlich gesagt, mag ich mich nicht streiten. Aber ich habe wohl keine andere Wahl und das ist mir unangenehm. In meinen Büchern habe ich immer ein Happy End. Und hier bin ich mir gar nicht so sicher, wie die Sache ausgehen wird. Und ich will das Ganze auch nicht auf Facebook ausbreiten, wie mir geraten wird. Und ich will auch keine Bürgerinitiative für mehr Transparenz in der Stadtverwaltung ins Leben rufen. Komisch, die Leute interessieren sich viel mehr für eine scheinbare oder echte Vetternwirtschaft, als für den Erhalt der Natur. Mir ist das alles suspekt. Und es ist mir überhaupt nicht klar, welche Wege ich noch beschreiten muss, wenn ich mir tatsächlich in den Kopf setze, dass ich den Wald retten will.

Am Abend fahre ich einkaufen. Es ist schon dunkel und die Straße ist schmal. So ist das nun mal hier in unserer Gegend. Ich habe mir keinen Einkaufszettel geschrieben und überlege, was ich alles mitbringen soll. Da kommt mir ein Auto entgegen. Irgendwas ist komisch, denke ich noch. Im letzten Moment reiße ich das Steuer herum und fahre auf den Randstreifen. Beinahe hätte es einen Crash gegeben! Zumindest wäre ich meinen Spiegel losgeworden. Meine Hände zittern. Wollte der mich rammen?

Quatsch, sage ich mir. Es passiert hier immer mal, dass jemand nicht ausweicht. Warum sollte man mit Absicht einen Zusammenstoß riskieren? Da fällt mir meine Aktion mit den Mails an die Stadtverordneten ein. Habe ich einen anderen Menschen so verärgert, dass er...? Ich rufe meine Gedanken zur Ordnung. Da habe ich wohl definitiv zu viele Mafia-Filme gesehen. Trotzdem mache ich mir irgendwie Sorgen. Was könnte man mir antun? Meine Fenster einwerfen? Meinen Hund vergiften? Meine Katzen überfahren? Ich sage mir, dass es albern ist, solche gruslige Überlegungen anzustellen. Aber ein komisches Gefühl bleibt.

Sonntag 13. November

Ich habe ein Treffen mit einem Herrn, der sich per Mail als Mitglied der Stadtverordnetenversammlung und des Ausschuss für Umwelt und Naturschutz vorgestellt hatte. Der will sich gern einmal vor Ort über die Sachlage informieren. Was für eine seltsame Wortwahl. Aber wahrscheinlich werde ich mich in der nächsten Zeit an solche Ausdrücke gewöhnen müssen. Nix mehr mit Romantik, Herzschmerz und ähnlichen Formulierungen wie in meinen Liebesromanen. Egal, ich finde es zumindest klasse, dass jemand seinen Sonntag opfert und ziehe mit Mann und Hund zum vereinbarten Treffpunkt. Es ist schon ziemlich kalt, aber die Luft ist angenehm weich und voller Gerüche. Der Abgesang des Herbstes ist allgegenwärtig. (Diesen Satz muss ich unbedingt im nächsten Script einbauen!) Und ich hoffe im Stillen, dass damit nicht gleichzeitig der Abschied von diesem Teil des Waldes eingeläutet wird.
Unser Gegenüber ist freundlich, aufgeschlossen und meinen Argumenten nicht abgeneigt. So streifen wir mehr als eine Stunde durch den öffentlich zugänglichen Teil der ehemaligen Baumschule und ich schwärme vom Qigong, Waldbaden und den Blüten der Sträucher, die als Bienenfutter dienen können. Das ganze

Heidenholz ist etwa 200 Hektar groß. Es wurde stets als das tolle Naherholungsgebiet für unsere Stadt angepriesen. Wenn jetzt 10 Hektar verkauft und geschreddert werden, dann sind das 5 Prozent. Das klingt vielleicht nicht viel. Aber man sollte mal versuchen, bei seiner Bank 5 Prozent Zinsen zu bekommen. Die würden sich kaputt lachen.

Unserem Begleiter scheint es hier draußen, jedenfalls auch zu gefallen und wir sind uns einig, dass es schade wäre, das alles abzuholzen. Wir haken etwas nach und fragen, wie in der Stadt eigentlich solche wichtigen Entscheidungen wie der Verkauf von Eigentum getroffen werden und wie erheblich die Rolle der Stadtverordneten ist. Die Antwort ist diplomatisch, aber ich höre zwischen den Sätzen noch genug heraus, dass meine Hoffnung schwinden lässt.

Und dann habe ich noch ein weiteres Problem. Auch wenn es nur ganz sachte anklingt, keimt wieder der Verdacht auf, dass man eher daran interessiert ist, der Verwaltung ein Versäumnis nachzuweisen, als die Abholzung zu verhindern. Vielleicht irre ich mich und ich tue dem armen Mann bitter Unrecht. Aber irgendwie werde ich langsam immer misstrauischer. Mir ist es momentan total egal, was die da in der Stadtverwaltung klüngeln. Auch wenn ich das später vielleicht einmal anders sehen werde.

Momentan habe ich nur eines im Sinn: Ich will doch nur den Wald retten.

Montag 14. November

Jeden Morgen mache ich einen ausgiebigen Spaziergang mit meinem Hund. Der besteht darauf und würde mich sonst so nerven, dass ich keine einzige Zeile schreiben könnte. Bei der heutigen Hunderunde treffe ich Elisabeth. Die arbeitet mehr oder weniger ehrenamtlich beim Verein Pusteblume, der zurzeit auf einen Teil des Geländes der ehemaligen Baumschule Heidenholz wirtschaftet. Die produzieren das Gemüse für die Tafel und sorgen somit dafür, dass auch die ärmeren Leute frische Lebensmittel bekommen können. Eigentlich ist es ja beschämend, wenn wir im reichen Deutschland auf so etwas angewiesen sind, aber daran kann ich im Moment nicht auch noch was ändern. Ich will jetzt erst einmal den Wald retten, denke ich mir. Die Welt muss sozusagen warten. Obwohl ich bezweifle, dass ich dafür auch noch irgendwann die Kraft aufbringen werde. Ich bin inzwischen schon ganz schön angespannt. Allerdings kann ich mir an diesem Novembermorgen noch nicht vorstellen, wie mich die ganze Sache noch beschäftigen wird. Ich frage die Elisabeth, zugegeben, etwas scheinheilig, wie denn die Aktien so stehen. Die arme Frau macht ein verzweifeltes Gesicht und klagt mir ihr Leid, dass sie das Objekt verlassen müssen, weil hier alles platt gemacht werden soll. Sie findet das gar nicht gut, denn auf der Ausweichfläche, die man ihnen angeboten hat, kann man in diesem Jahr nichts anbauen. Dort muss erst alles urbar gemacht werden. So weit ist es also mit der Sorge für die Bedürftigen, fällt mir dazu ein.

Ich habe Mitleid mit ihr und denke, was soll es, und erzähle ihr, was ich für Aktionen unternommen habe. Da blitzt doch tatsächlich ein Funken Hoffnung in ihren Augen auf, denn mein Plan ist es ja, dass das Ganze hier trotzdem noch vom Verein Pusteblume weiter bewirtschaftet wird. Elisabeth findet diese Idee natürlich gut, aber leider hat sie keinen Einfluss darauf, was demnächst passieren wird. Das Wenigste (ja, es ist die Steigerung von wenig gemeint - gering ist noch zu viel), was wir tun können, ist das wir uns gegenseitig über mögliche Neuigkeiten und Veränderungen informieren. Wie wichtig das ist, das werde ich in den kommenden Wochen noch lernen.

Wieder zu Hause, setze ich mich an den Computer, um an meinem aktuellen Buchprojekt zu arbeiten. Aber so richtig kann ich mich nicht konzentrieren. Ich befürchte, dass ich meine Zielstellung, den angefangenen Roman bis

Weihnachten fertig zu haben, nicht halten kann. Nebenher trudelt auch noch eine Mail vom Umweltamt ein. Die teilen mir mit, dass sie mein Schreiben an den Bürgermeister der Stadt, seinen Stellvertreter, den zuständigen Revierförster und auch dessen Oberförster weitergeleitet haben. Ist das nun gut oder schlecht? Ich beschließe, dass es gut ist. Je mehr davon wissen, desto besser.

Ich habe nicht einmal drei Zeilen getippt, da fahre ich den Rechner auch schon wieder herunter. Jetzt ist halt keine Zeit für Liebesromane, denke ich mir, denn ich muss ja den Wald retten. Langsam wird der Satz in meinem Kopf zum Mantra.

Daher treffe ich mich vormittags mit einer Stadtverordneten von den Freien Wählern. Diese Fraktion würde sich der Sache mit der alten Baumschule auch annehmen und wünscht nähere Informationen. Ich erkläre so gut ich kann die Lage. Dabei versuche ich, so wenig emotional zu sein, wie möglich. Wenn ich eines schon gelernt habe, dann ist es das, dass Gefühle nicht unbedingt hilfreich sind. Wie hat der Typ von Focus früher einmal in der Werbung gesagt: „Fakten, Fakten, Fakten!" Das ist gar nicht so einfach, wenn man nicht genügend Hintergrundwissen hat.

All das bringe ich auch am Abend noch einmal an. Diesmal wurde ich von der SPD zu deren Fraktionssitzung eingeladen. Die stimmen mir

im Allgemeinen auch zu: Wald sollte nicht in Acker umgewandelt werden.
Trotz aller politischen Unterstützung bleibe ich skeptisch. Irgendwie habe ich so das unterschwellige Gefühl, man will sich so ganz nebenbei für irgendwelche Verflechtungen und Klüngeleien in der Stadt rächen. Können sie ja meinetwegen machen. Aber das ist nicht mein Anliegen. Ich will den Wald retten und mache ihnen nicht die Erin Broncowitsch. Langsam schwant mir aber, dass in unserer Stadt wahrscheinlich nicht alles so ist, wie man sich das vorstellt. Zugegebenermaßen hatte ich bisher von Demokratie ein anderes Verständnis. Allerdings sind die strategischen Querelen zwischen Stadtverwaltung und einzelnen Fraktionen der Stadtverordneten bis dato an mir vorbei gegangen. Naja, ehrlich gesagt, habe ich bislang in meinem „klein Häuschen" gesessen und mir Geschichten ausgedacht. So richtig gekümmert, was bei uns los ist, habe ich mich nicht. Bis jetzt hat ja auch niemand meine Kreise gestört. Das war wohl ziemlich kurzsichtig, muss ich mir eingestehen.
Morgen tagt erst einmal der Hauptausschuss der Stadtverordneten. Da will man sich zumindest mit dem Thema befassen. Ich habe allerdings keine Ahnung, was so ein Hauptausschuss eigentlich macht. Zum Glück weiß Google wieder einmal alles. Denn hier kann ich

nachlesen, dass dort neben ausgewählten Stadtverordneten auch der Bürgermeister sitzt. Das ist schon erst einmal weniger schön, denke ich mir, da der Verkauf der alten Baumschule Heidenholz ja sein Baby ist. Im Hauptausschuss darf man auch Beschlüsse fassen, die nicht der Beschlussfassung der Gemeindevertretung bedürfen, erfahre ich. Das ist ja auch ein schöner Satz! Wo bekomme ich denn nun raus, was dieser komische § 54 der Kommunalverfassung sagt. Also suche ich im Internet nach Kommunalverfassung. Zumindest lerne ich, dass diese für alle Orte des Landes Brandenburg gilt. Wulfenfort kann sich also seine Gesetze wenigstens nicht selber machen. Das tröstet mich. Sehr interessant finde ich, dass der Bürgermeister im Amtsdeutsch Hauptverwaltungsbeamter heißt. Allerdings sehe ich nicht so richtig durch, was es denn für die Zuständigkeit bedeutet, wenn es darum geht „die Entscheidungen auf dem Gebiet der Pflichtaufgaben zur Erfüllung nach Weisung und der Auftragsangelegenheiten zu treffen, es sei denn, die Gemeindevertretung ist aufgrund besonderer gesetzlicher Vorschriften zuständig". Mir kommt kurz der Gedanke, zumindest Teile des Gelesenen auszudrucken. Nichtsdestotrotz lasse ich das. Warum soll ich denn unnötig Papier verschwenden? Wochen später werde ich einen ganzen Ordner voll mit Schriftstücken, Auszügen und Kopien haben. Immerhin kann

ich das ja wieder einmal nicht vorhersehen. Wie so vieles, was noch geschehen wird.
Also denke ich mir, ich warte doch mal lieber ab, was die da auf der morgigen Hauptausschusssitzung beraten oder beschließen. Leider kann ich selber nicht hingehen, da ich einen Kurs an der Volkshochschule gebe. Irgendwie vertraue ich immer noch auf den gesunden Menschenverstand. Und irgendwer wird mich schon informieren, was da beredet wird. So hoffe ich wenigstens. Egal, aus welchen Beweggründen die Leute, mit denen ich heute gesprochen habe, handeln, ich fühle mich jedenfalls nicht mehr ganz so allein. Sollen sie doch mit ihrer Stadtverwaltung hadern, wie sie wollen, Hauptsache wir können dabei den Wald retten.

Mittwoch 16. November

Wie immer sitze ich morgens am Computer, um zu schreiben. Dummerweise ist es schon zur Gewohnheit geworden, zuerst einmal die Mails abzuholen. Das kann manchmal ziemlich kontraproduktiv sein, weil ich mich dann oftmals mit den eingehenden Sachen beschäftige, anstatt mein Tagespensum abzuarbeiten. So ist es auch an diesem Tag. Ich bekomme eine Mail von einer der Fraktionen, die in der Stadtverordnetenversammlung sitzen. Das Schreiben informiert mich im guten Amtsdeutsch über eine gestern stattgefundene Sitzung des Hauptausschusses.

Ich denke mir, dass das ganz nett ist, und versuche mich zu erinnern, was ein Hauptausschuss denn so macht. Manno, ich glaube, ich habe das schon wieder vergessen! Verflixtes Amtsdeutsch! Dank Google suche ich erneut nach der Kommunalverfassung des Landes Brandenburg. Ich kann zu diesem Zeitpunkt ja nicht ahnen, dass ich am besten gleich ein Lesezeichen auf diese Internetadresse setzen sollte. Immerhin werde ich in den nächsten Wochen ziemlich häufig auf diesen Seiten unterwegs sein.

Aber zurück zum Hauptausschuss. Es heißt in eben jener Kommunalverfassung: *„Der Hauptausschuss hat die Arbeiten der Ausschüsse aufeinander abzustimmen und kann zu jeder Stellungnahme eines anderen Ausschusses eine eigene Stellungnahme gegenüber der Gemeindevertretung abgeben."* Das ist also der Koordinator für die einzelnen Bereiche, reime ich mir zusammen.

In der Email steht, dass das Thema Baumschule Heidenholz an den Stadtentwicklungsausschuss verwiesen werden wird. Der soll sich dann

umfassend damit beschäftigen und ich werde als
Interessent eingeladen, um dort meine
Gedanken darzulegen.
Das finde ich nicht schlecht, obwohl mir
irgendwie auch davor graut. Wenn ich eine
Lesung mache oder einen Kurs gebe, dann sitzen
da im allgemeinen Menschen die mich mögen.
Da kann ich sicher sein, dass die Anwesenden
recht positiv auf meine Ausführungen reagieren.
In so einem Stadtentwicklungsausschuss wird
das gewiss nicht so sein. Das liegt da wohl auf
der Hand. Umso mehr, als auch der andere
Interessent seine Vorhaben und Projekte
vorstellen darf.
Da muss ich aber durch. Ich kann jetzt nicht
kneifen, wenn ich den Wald retten will.
Ich überlege, ob ich mich jetzt schon vor der
Veranstaltung grusele oder ob ich das alles erst
einmal an mich herankommen lasse. Die
Entscheidung fällt zu Gunsten des letzteren
Punktes. Außerdem bin ich froh, dass ich
wenigstens nicht noch nachlesen muss, was ein
Stadtentwicklungsausschuss für Aufgaben hat.
Das ergibt sich wohl aus seinem Namen. Hoffe
ich zumindest.
Es klingelt und einer meiner Nachbarn steht vor
der Tür. Passenderweise will er mir etwas über
eben jene Hauptausschusssitzung erzählen.
Unser langjähriger Bürgermeister Felsentramp
hat da wohl auf verschiedene Anfragen der

Stadtverordneten ziemlich rüde reagiert. Denen wurde, wenn man es volkstümlich ausdrücken möchte, glatt über das Maul gefahren. Alles, was man besprechen wollte, das wäre, so dessen Meinung, nicht für die Öffentlichkeit geeignet. Wir grinsen uns an und fragen uns beinahe gleichzeitig, wofür denn so eine Hauptausschusssitzung denn dann eigentlich da wäre.

Mehr als einmal fiel bei Fragen, als es um die Baumschule Heidenholz ging, der Hinweis auf den nichtöffentlichen Teil der Sitzung. „Das ist nicht öffentlich" wird dann später übrigens einmal zu einem „Runnig Gag" werden.

Der Nachbar selber hat nebenbei bemerkt auf seine Fragen auch keine Antworten erhalten. Mal will und mal kann unser Bürgermeister nicht antworten. Dass dieses Vorgehen seine ganz persönliche Taktik ist, werde ich auch noch erkennen müssen.

Mein Nachbar meint dann noch, dass er bei der Zeitung gewesen sei. Ohne mein Wissen wolle er aber mein Schreiben nicht so einfach weitergeben. Mir ist mittlerweile alles egal und ich habe eh das Gefühl, keinen Einfluss mehr darauf zu haben, wer sich mit dieser Sache alles befasst. Also schicke ich meinen Text später auch noch an die Lokalzeitung. Schließlich will ich ja, wie schon so oft erwähnt, den Wald retten und da sollte mir jedes Mittel recht sein. Ich denke mir ziemlich naiv, wenn die Presse von dem

Vorhaben erfährt und es verbreitet, dann ist die Schlacht doch schon halb gewonnen.
Am Abend gehe ich noch zu meiner anderen Nachbarin. Die kennt sich durch ihren Job mit Verfahren rund um Wald, Bestimmungen, Ersatzpflanzungen und dergleichen aus. Sie dämpft meinen leichten Optimismus. Egal was die anderen so sagen, sie sieht das pragmatisch. Die Chancen, als Sieger aus diesem Spiel heraus zu gehen, sind nicht besonders hoch.

Donnerstag 17. November

Ich will am frühen Morgen gerade wie üblich mit dem Hund los, da kommt eine Abordnung des Vereins Pusteblume, der momentan die freien Flächen der Baumschule Heidenholz bewirtschaftet. Sie wollen mit mir reden, verkünden sie und auch, dass es ihnen jetzt reicht. Ich schaue ziemliche verdutzt drein, versuche mir aber nichts anmerken zu lassen. Meine Augen werden allerdings immer größer, als ich so nach und nach realisiere, was man mir da so erzählt. Eigentlich hatte man die Leute aus dem Verein von Seite der Stadtverwaltung zum Stillschweigen verpflichtet. Sie haben zumindest empfunden, dass man ihnen regelrecht den Mund verboten hat, sich über die Vorgänge rund um das Thema Heidenholz zu äußern. Weil derzeit aber die ganze Sache irgendwie ins Rollen und an die Öffentlichkeit gekommen ist, wollen sie auch nicht mehr schweigen. Bei dieser Vorrede kommen mir zwei recht unterschiedliche Gedanken. Einerseits amüsiere ich mich wieder einmal darüber, dass Wulfenfort eine Kleinstadt ist. Bei uns bleibt halt nichts lange verborgen. Anderseits sage ich mir: Es ist ganz schön mutig von den Dreien, hier bei mir aufzukreuzen und mir zu erzählen, was da inzwischen so alles abgegangen ist.

Und dann fange ich an zu staunen. Manche Geschichten brauchen trotz der sonst üblichen raschen Verbreitungsgeschwindigkeit von Neuigkeiten, wohl doch etwas länger als von mir gedacht, ehe sie ans Tageslicht kommen. Erste Verhandlungen beziehungsweise Ortsbesichtigungen auf dem Gelände der ehemaligen Baumschule Heidenholz haben schon am Anfang des Jahres stattgefunden. Den Leuten von der Pusteblume hat man zuerst immer erzählt, dass es nichts mit ihrem Verein zu tun hätte. Als die Sache jedoch dann konkreter wurde, hat man sie angehalten, nichts über eventuelle Begehungen und Besprechungen verlauten zu lassen. Weil es jetzt aber kein Geheimnis mehr ist, da ich ziemlichen Wirbel verursacht habe, wollen sie nun auch nicht länger stillhalten. Sie würden gern mit mir gemeinsam an einem Strang ziehen und einen endgültigen Verkauf verhindern. Keine Ahnung, woher sie inzwischen genau wissen, dass ein Teil meines Konzeptes drauf beruht, dass sie weiterhin auf der Fläche ihr Gemüse für die Tafel anbauen sollen. Sie versichern mir jedenfalls, wenn sie auf dem Gelände bleiben können, sind sie bereit auch etwas dafür zu tun. Ich halte das Ganze, wie schon erwähnt, für recht mutig und freue mich über ihre Unterstützung. Allerdings sage ich ihnen nicht, dass unsere Aussichten gar nicht so rosig sind. Ich deute an, dass wir vielleicht eine Interessengemeinschaft Heidenholz gründen wollen. Das finden sie toll und würden da auch mitmachen. Wir schütteln uns die Hände und verabreden, dass wir uns gegenseitig über wichtige Neuigkeiten informieren wollen. Wenige Stunden später erzählt mir dann eine Bekannte, die selbst einen landwirtschaftlichen Betrieb hat, dass der Absatz bei der Erdbeerernte von dem Herrn, der sich in unserem Heidenholz breitmachen will, in diesem Jahr gar nicht so gut gewesen wäre. Inzwischen läuft die Informationsverbreitung in der Stadt doch wohl recht gut, denke ich mir. Und ich komme wieder einmal ins Grübeln. Wenn die Geschäfte nicht so laufen wie gewünscht, warum will man denn dann noch mehr investieren und Wald für Plantage opfern? Aber vielleicht lohnt sich so eine Unternehmung erst im großen Stil? Mir fällt

Karls Erdbeerhof, der seinen Sitz in der Nähe von Rostock hat, ein. Will man hier in unserem geruhsamen Städtchen einen ähnlichen Rummel abziehen? Ich weiß es nicht.

Es bewegt sich etwas

Samstag 26. November

Unsere regionale Zeitung schreibt einen erstaunlich offenen Artikel über die ganze Sache. Und das in der Samstags-Ausgabe. Die wird hier von den meisten Leuten doch recht ausführlich gelesen. Mittendrin steht sogar ein Zitat aus meiner Mail, die ich an alle versendet habe, die vielleicht irgendeinen Einfluss auf die Angelegenheit haben könnten.
„Bitte sorgen Sie dafür, dass das einzigartige Refugium der ehemaligen Baumschule als ökologische Nische erhalten wird." Mara Schreiber in ihrem Appell an die Stadtverordneten.
Wow, ich bin beeindruckt. Kann ich möglicherweise doch mehr, als nur Liebesromane verfassen? Wie nützlich Schreiben in jedweder Form sein kann, werde ich jedenfalls in den nächsten Monaten noch mehrmals erfahren.
Der letzte Satz in besagtem Zeitungsartikel lässt mich wieder einmal hoffen, dass ich nicht auf verlorenem Posten stehe. Er lautet: „**Es ist noch**

alles offen", betonte hingegen Beyer. Die Stadtverordneten werden erneut beraten."
Wenn schon der Chef des Liegenschaftsamtes erklärt, dass noch gar nichts entschieden ist, dann kann man das Biotop auf dem Gelände der ehemaligen Baumschule sicher doch noch retten. Im Nachhinein weiß ich, wie naiv ich war, um solchen Aussagen Glauben zu schenken. Aber wie heißt es so schön: „Die Hoffnung stirbt zum Schluss!" Warum sollte mein Vorhaben denn nicht gelingen? Jeder der nur ein bisschen Verstand im Kopf hätte, der muss mich verstehen, so denke ich. Ich will doch nur den Wald retten. Natur für alle, hat doch heutzutage Vorrang vor Profit für den Einzelnen. Wir leben ja schließlich in Zeiten, in denen wir uns langsam unserer Verantwortung der Umwelt gegenüber bewusst werden. Da gibt es für mich keine Frage. Und die Reaktionen der Wulfenforter Bürger scheinen mir Recht zu geben.
In den nächsten Tagen sprechen mich die Leute in der Stadt immer wieder auf die Sache mit der Baumschule Heidenholz an. In unserem beschaulichen Örtchen scheint es zu brodeln. Ich überlege mir, dass inzwischen keine Zurückhaltung mehr vonnöten ist und veröffentliche den Zeitungsartikel und meinen Brief an die Stadtverordneten auf meinem Blog. Das alles verknüpfe ich dann mit Facebook, wo ich in kurzer Zeit über 160 Leser finde. Ich bin

beeindruckt. Doch die neuen Medien können noch mehr. Damit wir Nachbarn, die sich gegen die Verkaufspläne engagieren wollen, immer auf dem neusten Stand sind und uns auch im Falle eines Falles abstimmen können, richte ich eine WhatsApp-Gruppe ein und verknüpfe uns miteinander. So können wir halbwegs sicher sein, dass wir nichts verpassen und auch nicht von den Ereignissen überrannt werden. Inzwischen schicke ich auch einen Vortrag über die Wirkung des Waldes auf die Gesundheit, den ich anlässlich einer Veranstaltung halten sollte, an einen Herz-Spezialisten ins Klinikum der Nachbarstadt. Nicht ganz ohne Hintergedanken verweise ich auf meinen Blog, der inzwischen immer mehr Leser erreicht. Leider meldet sich der Professor nie bei mir. Aber auch daran werde ich mich gewöhnen. Viele meiner Aktionen und Bemühungen laufen ins Leere. Andere dagegen erzielen erstaunliche Resonanz. Ich habe bis heut noch nicht herausbekommen, ob da eine Gesetzmäßigkeit dahinter steckt.
Als dann zwei Tage später noch in der Online-Ausgabe unserer Stadtzeitung ein Artikel mit der Überschrift *„Alte Baumschule im Heidenholz wird vorerst nicht verkauft"* erscheint, habe ich endgültig den Eindruck, dass ich etwas erreichen könnte.
Das mischt sich allerdings mit einem unguten

Gefühl. Immerhin kann ich dort schwarz auf weiß folgendes lesen: *„Da Wulfenfort sich in keiner Weise in einer finanziellen Notsituation befindet, erscheint die plötzliche Verkaufsabsicht bei solch einer großen öffentlichen Fläche doch recht sonderbar. Da müsste schon eine erhebliche Summe Geldes für den Stadthaushalt herausspringen, wenn man solch eine umfängliche Abgabe öffentlichen Eigentums in private Hand befürworten könnte. Einen Zwang dazu, etwa ein Haushaltssicherungskonzept, besteht allerdings nicht. Was steht also wirklich hinter dem von der Verwaltung angestrebten Deal?"*
Habe ich in ein Wespennest gestochen?

Freitag 2. Dezember

Das Jahr neigt sich seinem Ende zu. Ich mag diese Zeit sehr, denn es ist eine gute Gelegenheit, Resümee zu ziehen und angefangene Projekte, zum Abschluss zu bringen. Natürlich ist das auch nicht ganz uneigennützig, denn ich habe die Hoffnung, dass mein eines oder anderes Buchprojekt seinen Weg auf den Gabentisch der Käufer findet. Egal wie, es hat sich jedenfalls eingebürgert, um diese Zeit meine begonnen Arbeiten abzuschließen, und mich ganz dem Weihnachtsgeschäft zu widmen.
In diesem Jahr wird allerdings nichts daraus.

Mein Projekt „Wald retten" ist weit entfernt davon, ein Ende zu finden. Und ein glücklicher Ausgang ist schon gar nicht abzusehen. Das Leben zeigt mir mal wieder ganz genau, dass Liebesromane mit Happy End wohl doch nur Märchen für Erwachsene sind.
Wenn ich meine Mails aus dem vergangenen Monat so durchlese, dann bin ich schon erstaunt, mit wem ich so alles kommuniziert habe.
Der BUND schreibt mir: „*Tun Sie weiter, was Sie bereits getan haben: sich in diesen (politischen) Prozess einmischen – sofern noch Einflussmöglichkeiten bestehen (was wohl zutrifft). Wie immer möglichst frühzeitig, nicht allein, sondern mit weiteren UnterstützerInnen. Und: sprechen Sie wegen der Natur- und Artenschutzbelange bitte auch die Untere Naturschutzbehörde an. Ich vermute, der lokale BUND wird in dieser Sache leider nicht aktiv werden können, aber Sie können gerne direkt fragen, unsere Gruppen sind eigenständig und ehrenamtlich aktiv und leicht [hier folgt ein Link mit der Internetadresse] zu finden.*" Anschließend werde ich noch um eine Spende gebeten.
Natürlich weiß ich, dass dieser Spendenaufruf ein übliches Anhängsel ist, aber trotzdem ärgere ich mich. Erstens spende ich schon ab und zu für bestimmte Aktionen. Gut, das wissen sie in der Geschäftsstelle nicht. Was ich aber echt doof finde, ist der Zusammenhang mit dem vorangegangenen Schreiben. Das hat für mich

den Touch von: Wir können dir nicht helfen, aber gib uns mal was rüber. Kommt bei mir nicht gut an. Aber vielleicht bin ich auch inzwischen übersensibel.

Womit sie aber Recht haben ist, dass ich unbedingt weitere Mitstreiter brauche. Nur wir wenigen Nachbarn sind wohl nicht in der Lage, wirklich was zu bewirken. Allerdings macht mir der Plan, mit der ganzen Affäre noch massiver an die Öffentlichkeit zu gehen, reichliche Bauchschmerzen. Verflixte Harmoniesucht! Ich muss mich Wohl oder Übel mit dem Gedanken anfreunden, dass ich für dieses Projekt nicht nur wohlwollenden Beifall erhalten werde.

Es beruhigt mich ein bisschen, dass ich von einigen Wulfenforter Stadtverordneten zustimmende Mails bekommen habe. Man wird sich der Sache annehmen, heißt es da. Das klingt gut und überzeugt mich etwas. Zumindest habe ich noch keinen Drohbrief abbekommen. Das ist doch schon erst mal ein Anfang. Vielleicht muss ich das doch nicht alles allein durchstehen. So kommt es, dass ich mich frohen Mutes an die Arbeit mache, wenigstens die anderen angefangenen Pläne zum Jahresabschluss zu bringen. Dabei fällt mir der Ausspruch *„Noch ist Polen nicht verloren!"* ein. Wo kommt das bloß her? Klingt irgendwie sehr nach Nazi-Zeit. Ich google und entdecke entzückt, dass es sich um den Titel einer Komödie und auch um den Auftakt der polnischen Nationalhymne handelt.

Na dann können wir das doch erst einmal so stehen lassen, denke ich mir.
Allerdings wird meine leichte Hochstimmung nicht lange anhalten.
Ich habe lange nichts von irgendwelchen offiziellen Stellen und Seiten gehört. Im Gegensatz dazu sprechen mich die Leute inzwischen auf der Straße an, um sich nach der Baumschule Heidenholz zu erkundigen. Alle, mit denen ich rede, sind der Meinung, dass es so nicht geht und der Wald in seiner Gesamtheit erhalten bleiben sollte. Das tut mir echt gut und bestärkt mich natürlich. Trotz aller Zustimmung bleibt da immer noch ein ungutes Gefühl. Was nützt es, wenn die Menschen in der Stadt nur mir ihre Meinung sagen. Die Entscheidung über den Verkauf wird woanders getroffen. Wie viel Einfluss haben wir als Bürger auf solche Vorgänge? Immerhin regiert Geld ja bekanntermaßen die Welt. Aber es muss doch noch was anderes geben! Was nützen die großen Gefühle in meinen Romanen, wenn das Leben ganz anders aussieht! Daher werde ich nicht den Kopf in den Sand stecken und einfach aufgeben. Schließlich bekommt man von allen Seiten durch Coaches und Trainer gesagt, dass man positiv denken soll und negative Gedanken auch negative Ergebnisse anziehen. Das sind schöne Worte, aber daran zu glauben, fällt mir nicht ganz leicht. Auf keinen Fall, wenn ich eine Mail

wie diese bekomme.

Da kann ich unter der Überschrift: „*Stellungnahme der Unteren Wasserbehörde zu Ihren Bedenken zum Verkauf der Fläche - ehemalige Baumschule Heidenholz*" folgendes lesen:

„*Der Antrag zur Erweiterung des Gartenbaubetriebes wurde von der UWB sorgfältig geprüft. Es wurde festgestellt, dass eine Beeinträchtigung des Wasserschutzgebietes Wulfenfort ausgeschlossen werden kann. Weiterhin wird die UWB wiederkehrende Kontrollen durchführen und überprüfen, ob die Wasserschutzgebietsverordnung und die Auflagen zur Erweiterung des Gartenbaubetriebes eingehalten werden.*"

Na prima! Ein konventioneller Gartenbaubetrieb im Trinkwasserschutzgebiet III und die Untere Wasserbehörde hat nichts weiter dazu zu sagen, als dass sie Kontrollen durchführen werden. Hallo? Haben die denn keinen Garten und wissen nicht, wieviel Dünger Erdbeeren brauchen? Ich fasse es nicht! Und kein Wort von dem vorhandenen Biotop. Wahrscheinlich existiert es für die Leute, die Entscheidungen am Schreibtisch treffen, gar nicht. Mein kleines bisschen Hoffnung hat mich gerade verlassen. Stattdessen sehe ich vor meinem inneren Auge, wie der waldfressende Harvester die Bäume fällt und alle Tiere voller Panik um ihr Leben flüchten. Was machen eigentlich die, die nicht oder nicht so schnell wegkönnen? Das will ich mir lieber nicht vorstellen.

Samstag 3.Dezember

Faktisch bin ich echt sauer, dass sich die Schutzgemeinschaft Deutscher Wald so ganz und gar aus dem Geschehen heraushält. Wer, wenn nicht die, ist dafür zuständig, dass der Wald erhalten bleibt? Aber wann immer ich da nachfrage, da winden sich die Angesprochenen wie die Aale. Wahrscheinlich sind da wieder irgendwelche Abhängigkeiten vorhanden, von denen ich keine Ahnung habe. Man betreibt hier ja schließlich so eine Art Naturschutzstation mit ABM-Kräften und ist wohl auf das Wohlwollen der Stadt angewiesen. Und da haben wir zu DDR-Zeiten gedacht: „Beziehungen schaden nur dem, der keine hat." Ich finde, in die Gegenwart passt das noch viel besser.
Zurück zur Schutzgemeinschaft. Die veranstaltet einen kleinen Weihnachtsmarkt. Weil ich auch einige Märchen geschrieben habe, bin ich vor Jahren einmal auf die Idee gekommen, diese als Hexe verkleidet vorzulesen. Das mache ich auch jetzt noch mal ab und zu, denn ich habe echt Spaß daran. Als man mich fragt, ob ich auch diesmal wieder zum Weihnachtstreiben die Märchenhexe gebe, willige ich freudig ein. Ich

erhalte natürlich keinen Cent dafür, aber es ist witzig und ich denke mir, dass es nun vielleicht für etwas anderes gut sein könnte.

Also mische ich mich in meiner Verkleidung unter die Menschen und erzähle Unfug. Selbstverständlich lese ich Märchen vor und gebe kluge Sachen über die Bäume und den Wald von mir. Ehrlich gesagt, ärgert es mich schon, dass fast jedes Kind weiß wie ein Leopard aussieht, aber keine Ahnung von der hiesigen Tierwelt hat. Dank der unseligen Bambi-Geschichte glauben die meisten der Kids ja, dass das Reh ein Kind vom Hirsch ist. Ich finde diese Story so dermaßen daneben! Ein Reh ist ein Reh und ein Hirsch ist ein Hirsch. Basta!

Nach dem Vorlesen wusele ich zwischen den Menschen umher, erschrecke die Kinder und bewundere die anwesenden Hunde. Dabei komme ich natürlich auch mit einigen Leuten ins Gespräch. Selbstredend bleibt das Thema Baumschule nicht unerwähnt. Ich erhalte Zustimmung für mein Anliegen und oft wird auch über die Klüngelei in der Stadtverwaltung gemeckert. Allerdings weiß ich ja nur zu gut, dass solche Sympathiebekundungen letztendlich nichts bewirken. Eines ist jedoch interessant: Jemand flüstert mir zu, dass mir die Stadt ein Ausgleichsangebot als Pachtfläche machen will. Haben die denn gar nichts verstanden? Ich will doch nicht auf Teufel komm raus irgendwas pachten. Ich will doch nur den Wald retten!

Kann sich denn keiner vorstellen, dass man etwas aus Überzeugung und Leidenschaft macht und nicht um des Geldes willen? Schließlich bin ich ja heute auch „nur so" hier und erhalte kein Honorar. Da kommt mir der Bürgermeister mit seiner Frau gerade recht. Ich hüpfe um die zwei herum, schenke ihnen eine Walnuss und drohe ihnen mit dem krummen Hexenfinger. Dabei flüstere ich mit krächzender Altweiberstimme: „Seid vorsichtig im Wald."
Sie schauen beide etwas irritiert. Das hebt meine Stimmung, die gerade auf dem Nullpunkt war, doch wieder etwas an.
Und weil mir in diesem Moment jemand einen Flyer über die Schutzgemeinschaft Deutscher Wald in die Hand drückt, denke ich nun doch darüber nach, bei diesem Verein Mitglied zu werden. Vielleicht kann ich dann erkennen, warum die sich so vehement aus der ganzen Sache heraushalten. Wer soll denn den Wald retten, wenn nicht Leute, die sich unter diesem Namen zusammenfinden? Na gut, ich bin mal lieber ehrlich, weshalb ich bisher um diese Truppe einen großen Bogen gemacht habe. Der Vorsitzende und ich hatten in früheren Zeiten einige Differenzen, charmant ausgedrückt. Ich kann mir nicht so richtig vorstellen, dass wir mal an einem Strang ziehen. Zwei Gründe sprechen nunmehr dafür, dass ich meine Ressentiments beiseitelege. Ich brauche dringen Verbündete

und bin inzwischen bereit fast nach jedem Strohhalm zu greifen. Und, was bald noch wichtiger für mein Ego ist: Man hat vor kurzem einen neuen Vorstand gewählt. Auf die Versicherung hin, jetzt würde alles anderes werden, gebe ich am Montag meinen Mitgliedsantrag ab.
Ich kann ja nicht wissen, dass die Aktion ziemlich umsonst ist.
Das alte Jahr geht zu Ende und ein Neues beginnt. Ich habe den Eindruck, dass die Welt zumindest, wenn es um den Wald geht, still steht. Das fühlt sich nicht gut an. Es zerrt an den Nerven und verursacht Stimmungsschwankungen. Die sind nicht von schlechten Eltern. Mal bin ich optimistisch, mal niedergeschlagen und deprimiert. Ich wünsche mir zu Silvester, dass die Sache bald ausgestanden ist.

Samstag 21.Januar

Das neue Jahr geht ins Land. Nichts passiert. Im wahrsten Sinne des Wortes ist „Schweigen im Walde" angesagt. Fakt ist: Ich habe ewig nichts mehr „von der Sache" gehört. Allerdings sprechen mich die Leute in der Stadt ständig an und fragen, was nun mit dem Wald wird. Ich kann nur mit den Schultern zucken und auf den

Artikel in der Stadtzeitung verweisen, indem stand, dass das Grundstück nun nicht verkauft wird. Mehr weiß ich nicht und finde das langsam immer komischer.

Ich glaube schon lange nicht mehr an Zufälle und darum finde ich es ganz in Ordnung, dass bei einer dieser ergebnislosen Unterhaltungen mein Gegenüber das Handy zückt und einen befreundeten Stadtverordneten anruft. Der Angerufene wundert sich, dass man mich noch nicht informiert hätte. Angeblich wäre mein Projekt nicht ausgegoren und hätte keinen Einfluss auf die Verkaufsentscheidungen.

Jetzt bin ich an der Reihe mich zu wundern. Welches Projekt? Ich habe damals auf dem Liegenschaftsamt nur meine Aufzeichnungen aus meinem Projektbuch zur Verfügung gestellt, weil der arme Sachbearbeiter Ader nicht so schnell mitschreiben konnte. Das waren reine Brainstorming-Notizen. Weit entfernt von etwas, was man Projekt hätte nennen können. Na jedenfalls, so der Abschlusstenor am anderen Ende der Leitung: Ich wäre doch eingeladen, um meine Absichten hieb- und stichfest in zirka zwei Wochen vor dem Stadtentwicklungsausschuss vorzustellen. Irgendwie wird mir nach dieser Information ganz komisch. Ich habe keine Einladung, keine Nachricht, kein Garnichts. Praktisch hat es sich so angehört als wolle man eine Einnahmen-

Ausgaben-Rechnung von mir. Warum eigentlich? Wenn ich die Pacht aufbringe und den Wald nicht ruiniere, dann kann es ihnen doch an und für sich egal sein.

Ich nehme mir den Zeitungsartikel vom Dezember noch einmal vor. Dort steht: Eine anderweitige Vergabe ohne wirtschaftlich nachvollziehbares Konzept ist ebenfalls mit vielen Fragezeichen versehen. Ach du liebes bisschen!

Was soll ich denn jetzt machen? Abwarten, ob das wirklich so ist? Ein Riesenprojekt erarbeiten, von dem ich nicht mal weiß, ob ich es vorstellen soll, darf oder muss? In meiner Verzweiflung informiere ich erst mal die Interessengemeinschaft über die gemeinsame WhatsApp-Gruppe. Die Anderen haben auch nichts gehört. Wir stellen fest, dass wir dringend miteinander reden müssen.

Dienstag 24. Januar

Die ganze Sache lässt mir keine Ruhe. Irgendwie muss ich noch was in Erfahrung bringen. Soll ich da nun was vorlegen oder nicht? Ich rufe also Frau Schuster vom Verein Pusteblume an. Die frage ich, ob sie etwas Genaueres wissen würde, und beklage mich, dass man mich so ohne Informationen sitzen lässt.

Sie weiß auch nichts, sagt sie. Das Einzige, was man ihr mitgeteilt hat, ist das sie in diesem Jahr noch den kleinen Teil des Geländes mit ihrem Verein bewirtschaften darf, auf dem sie Gemüse für die Tafel anbaut. Sie sagt, dass sie mit meinen Nachbarn gesprochen hätte, aber die wüssten auch nichts. Das ist mir klar, denn wir stehen ständig in Verbindung. Ich bin mir nicht ganz sicher, ob ich ihre Worte glauben soll. Sie wiederholt mehrmals, dass sie keine Ahnung hat, was werden wird. Ist das echter Kummer oder will sie mich von diesem Umstand überzeugen?

Was dann noch kommt, lässt mich doch ein bisschen erröten. Ich befürchte, ich habe ihr mit meinem Misstrauen Unrecht getan. Wahrscheinlich bin ich nicht die Einzige, der die ganze Sache an die Nerven geht. Frau Schuster erzählt mir, dass in der letzten Woche eingebrochen wurde. Ausgerechnet die Batterie vom Traktor wurde gestohlen. Freischneider und Rasenmäher hat man liegen gelassen. Sie brauchen den Traktor aber, um den kleinen Acker zu bestellen, auf dem sie das Gemüse anbauen. Geld für eine neue Batterie haben sie natürlich nicht. Wie denn auch? So ein Verein ist doch völlig abhängig von dem, was man ihnen zukommen lässt. In ein Projekt, das man umsiedeln will, da wird man doch kein Geld mehr hineinstecken, vermute ich.

Und was dann kommt, ist ein richtig dicker Hund. Man hat sie doch tatsächlich gefragt, ob sie denn keine Angst hätten, wenn es mal brennt. Schließlich seien die Elektroanlagen noch aus DDR-Zeiten. Ich muss schlucken. Wenn der Wald Feuer fängt, dann sind wir hier alle in Gefahr. Ist das eine Drohung? Mir wird richtig übel bei diesem Gedanken.

Als Försterstochter bin ich mit Geschichten über verheerende Waldbrände aufgewachsen. Ich habe vor allen Elementen Respekt. Besonders aber vor dem Feuer. Ich mag es mir gar nicht vorstellen, was passieren könnte, wenn es hier mal brennen sollte. Frau Schuster beteuert mir, dass in der Zeit in der sie dort wirtschaften, nicht ein einziges Mal eine Sicherung herausgesprungen wäre. Der Schornsteinfeger käme regelmäßig zum Kontrollieren des Ofens und hätte noch nie etwas bemängelt. Warum also solle ein Feuer in den Gebäuden ausbrechen? Auf ihre Nachfrage, ob das Gelände denn versichert sei, hätte man ihr bei der Stadt geantwortet, dass man ja nicht alles versichern könne, weil man nicht so viel Geld habe.

Nach dem Ende des Gesprächs ist mir immer noch eine ganze Weile schlecht und ich frage mich, ob wir in Sizilien leben.

Irgendwie kann ich jetzt nicht an meinem aktuellen Liebesroman weiterschreiben, sondern ich brauche Informationen. Also rufe ich Frau Sänger von den Stadtverordneten an. Das hätte ich mir allerdings sparen können. Sie sagt mir nur, dass „die Sache" in der letzten nichtöffentlichen Stadtverordnetenversammlung diskutiert wurde. Dann lässt sie sich noch zu der Aussage nötigen, dass kontrovers diskutiert wurde. Mehr sagt sie nicht, weil nichtöffentlich heißt, dass es nicht für die Öffentlichkeit bestimmt ist. Und das wäre bei Grundstücksangelegenheiten immer so. Zugegeben, sie ist höflich. Allerdings auch bestimmt. Und ganz gleich, auf welchem Wege ich es versuche, sie lässt sich keine weiteren Informationen entlocken.

Dafür lasse ich so nebenbei fallen, dass ich dieses ganze Prozedere ziemlich spannend finde und sicher einen Roman daraus machen werde. Leider kann ich ihr Gesicht nicht sehen, weil wir ja telefonieren. Ich glaube aber, dass sie überlegt, welche Rolle sie darin spielen wird.

Egal. Als ich den Hörer auflege, frage ich mich, ob ich jetzt gedroht habe. War das jetzt nicht auch ein bisschen Mafia? Was macht das alles mit mir? Ich wollte doch eigentlich nur den Wald retten und bekomme jetzt schon Paranoia. Ich versuche es noch bei anderen Stadtverordneten. Aber da geht keiner ans Telefon. Also schreibe ich Mails mit dem Betreff: Ehemalige Baumschule Heidenholz und wende mich an Leute, von denen ich denke, dass sie auf meiner Seite stehen könnten. Da steht sinngemäß folgendes drin: Sehr geehrte Stadtverordnete, gibt es irgendeine Entwicklung in der obigen Sache? Ich sitze hier im Wald und erfahre nichts.

Und wieder bleibt mit nichts anderes, als abzuwarten. Was für eine blöde Situation. Irgendwie will ich das alles hinter mich bringen. Ich habe eigentlich andere Pläne für mein Leben, als mich mit den seltsamen Auswüchsen der Demokratie in unserer Kleinstadt herumzuplagen.

Trotzdem komme ich auf komische Gedanken. Hat nicht Goethe schon gesagt: Wie im Großen, so im Kleinen? Von wegen! Der Altmeister war es diesmal nicht. Man kann ja Johann Wolfgang nicht alles in die Schuhe schieben. Diese Erkenntnis oder wie man es auch nennen will, ist viel älter. Die Aussage gehört zu den kosmischen Gesetzen belehrt mich Google, als ich danach suche. Ob das wirklich zutrifft, frage ich mich mit leichtem Entsetzen. Was hier in unserem kleinen Wulfendorf passiert, ist das denn nichts weiter als der Spiegel der Weltpolitik? Gerade regt sich die ganze Welt über dieses Typen auf, der in den USA Präsident geworden ist. Wenn diese Gesetzmäßigkeit funktioniert, dann wäre das Geschehen bei uns nur eine kleinstädtische Reflexion von dem, was in Amerika passiert. Ich glaube, da will ich lieber nicht darüber nachdenken.

Am Abend flattert wenigstens noch eine

Antwort in mein Mail-Postfach:
Sehr geehrte Frau Schreiber,
ich habe noch keine weiteren Informationen zum aktuellen Stand bezüglich der zukünftigen Nutzung ehemalige Baumschule Heidenholz. Die nächste Sitzung des Stadtentwicklungsausschusses ist am Dienstag in zwei Wochen. Falls das Thema für diese Sitzung auf der Tagesordnung steht, melde ich mich vorab bei Ihnen, um den Sachverhalt nochmals zu besprechen.
Besser als gar nichts, denke ich mir, bedanke mich und leite diese Info schnurstracks an die Nachbarn weiter.

Samstag 28. Januar

Nun ist es doch passiert. Ich habe ein amtliches Schreiben von der Stadtverwaltung bekommen. Das ist mit den Worten Einladung zum Stadtentwicklungsausschuss überschrieben. Dort kann man lesen: *„Sehr geehrte Frau Schreiber, hiermit lade ich Sie zur 13. Sitzung des Stadtentwicklungsausschusses der Stadtverordnetenversammlung Wulfenfort recht herzlich ein."* Es folgen Datum, Uhrzeit und Ort. Der letzte Satz lautet: Ich bitte Sie, Ihr Nutzungskonzept für das Gelände der ehemaligen Baumschule Heidenholz

vorzustellen. Unterschrieben hat das Ganze ein Herr Meier. Seines Zeichens Fachgebietsleiter Bauwesen. Der Name sagt mir gar nichts. Und wenn ich ehrlich bin, kann ich ihn auch heute noch nicht zuordnen. Aber den „Chef von Janze", wie der Berliner sagen würde, den kenne ich wenigstens vom Sehen. Der Leiter des gesamten Geschäftsbereiches, welcher Stadtentwicklung, Bauwesen, Wirtschaft, Ordnung und Verkehr umfasst, macht einen recht netten Eindruck. Herr Dr. Freundlich scheint mir ganz umgänglich zu sein. Jedenfalls ist er oft in der Zeitung und lächelt viel. Wahrscheinlich ist sein Name Programm.
Ich kann ja nicht wissen, dass ich mit meiner Einschätzung wieder einmal daneben liege. Aber mir bleibt auch gar keine Zeit, mir großartige Gedanken über eventuelle Gegner oder Verbündete zu machen. Wenn ich auf meinen Kalender sehe, dann wird mir heiß und kalt. Ich habe gerade einmal zehn Tage Zeit um aus meinen Ideen, Visionen und Einfällen ein ordentliches Konzept zu machen.

Ich stehe auf einer großen Bühne und schaue in den Saal unter mir. Da sitzen viele Leute mit abweisenden Gesichtern. Ich habe das Gefühl, dass ich sie kenne, weiß aber nicht woher. Plötzlich bemerke ich, dass ich ja gar kein Buch in den Händen halte. Was ist denn das für eine komische Lesung? Ich kann doch nicht aus

meinen Romanen vorlesen, wenn ich gar kein
Exemplar mitgebracht habe. Mir wird siedend
heiß. Ich will etwas sagen. Aber ich kann nicht
sprechen. Auf einmal fangen alle an zu lachen
und werfen mit Tannenzapfen nach mir. Sie
verwandeln sich vor meinen Füßen in
Erdbeeren, die zu wachsen scheinen. Es werden
immer mehr und ich beginne, langsam darin zu
versinken.
Schweißgebadet wache ich auf. Das Herz klopft
mir bis zum Hals. Was für ein Alptraum!
Ich hoffe, dass das nicht die nächsten Nächte so
weiter geht. Und das alles nur, weil ich nun den
Brief erhalten habe, der mich zum
Stadtentwicklungsausschuss einlädt, um mein
Nutzungskonzept für die alte Baumschule
Heidenholz vorzustellen. Ich mag gar nicht
daran denken, denn ich grusele mich echt davor.
Schreiben, Vorlesen, Reden – das ist alles kein
Problem für mich. Zugegebenermaßen, wenn ich
davon ausgehe, dass mein Publikum mir
wohlgesonnen ist. Diese verfluchte
Harmoniesucht! Vielleicht hätte ich doch lieber
Krimis verfassen sollen. Da wäre ich zumindest
im Umgang mit „dem Bösen" geschult. Aber
nein, ich musste mir ja ein Genre für meine
Storys aussuchen, bei dem man ein Happy End
erwartet. Ob die Geschichte mit dem Wald
retten so ausgeht, das bezweifle ich mal wieder
stark.

Mein Problem ist auch, dass ich denke, dass ich den Leuten dort Zahlen vorlegen muss. Sie wollen sicher wissen, ob ich die fällige Pacht auch aufbringen kann, wenn sie mir das Gelände überlassen. Ich habe tausend Ideen, aber die müssen auch etwas einbringen. Bisher habe ich nur alles zusammengetragen, was man machen könnte. Partner dafür habe ich auch im Sinn, aber noch keine Gespräche mit denen geführt. Das war ja nicht nötig, denn das Thema stand ja bisher noch nicht so wirklich auf meiner persönlichen Tagesordnung. Vor einem halben Jahr war die Fläche, für die ich jetzt ein Konzept erstellen soll, nur eine ungefähre Wunschvorstellung. So nach dem Motto: „Ach ist es hier schön. Da könnte man das und dies und jenes tun. Aber da brauche ich mir jetzt keine konkreten Gedanken machen. Hier ist hauptsächlich öffentlicher Wald und auf drei großen Beeten sitzt der Verein Pusteblume und baut Gemüse für die Tafel an. Das ist so. Und wird sicher auch so bleiben."
Und dann kam alles ganz anders. Ich hätte nie im Traum daran gedacht, dass die Stadt Wulfenfort dieses Gelände einmal verkaufen würde. Verkaufen? Grund und Boden? Wer macht denn sowas ohne Zwang?
Kaufen will ich ja sowieso nicht. Ich finde, das spricht für mein Vorhaben. Die Stadt behält ihr Eigentum und bekommt zwar keine große Summe Geld auf einmal, aber dafür regelmäßige

Beträge. Außerdem möchte ich, dass die Leute von der Pusteblume weiterhin ihr Gemüse für die Tafel auf den freien Flächen anbauen. Das wäre ein weiterer Pluspunkt, denke ich mir.
Jetzt muss ich bloß noch nachweisen, wie ich die Pacht aufbringen werde. Darum nehme ich mir meine Ideensammlung vor. Dummerweise habe ich gerade mal etwas mehr als eine Woche Zeit, um alles abzuklären. Sobald ich auf dieser Versammlung konkrete Sachen vortrage, dann sollten die Leute, mit denen ich zusammenarbeiten möchte, doch wenigstens was davon wissen. Also mache ich eine Liste, auf der ich notiere, wen ich alles dringend anrufen muss.
Zum Glück bin ich ein Listenfanatiker. Ich erstelle mir eine Tabelle mit drei Spalten. Links kommt hin mit wem ich reden will. Daneben schreibe ich worum es geht. Und die rechte Spalte bleibt erst mal für die Antwort, die hoffentlich positiv ausfällt, frei.
Das sieht doch schon erst einmal gut aus! Voller Elan greife ich zum Telefon. Wenn ich ehrlich bin, stehen oben auf meiner Zusammenstellung, die Leute, von denen ich denke, dass sie meine Ideen gut finden. Wer will denn schon gleich am Anfang auf Einwände oder gar Ablehnung stoßen? Das wäre ja sowas von deprimierend.
Diese Vorgehensweise war an und für sich nicht schlecht ausgedacht. Aber das echte Leben hält

sich nicht an meine Vorstellungen. (Vielleicht denke ich deshalb so gern eigene Geschichten aus.)

Gleich der erste Anruf wird ein Flopp. Nicht direkt, aber ein Erfolg wird es auch nicht. Leider geht die Standesbeamte nicht ans Telefon. Die war damals so begeistert, als wir die Zeremonie zu unserer Hochzeit im Wald abgehalten haben. Sie würde bestimmt gern ab und zu mal draußen arbeiten. Eine Trauung im Freien ist doch, wenn das Wetter hält, immer etwas ganz besonders. Das könnte man gleich mit dem Pflanzen eines Baumes verbinden, male ich mir die Sache breit aus.

Beim zweiten Anruf habe ich mehr Glück. Ich habe einen mir bekannten Imker am Telefon und frage ihn, wie es mit „Wulfenforter Waldhonig" wäre? Der findet die Idee klasse und liefert mir auch gleich noch ein Argument für den Vortrag. Auf so einer Monokultur, wie es eine Erdbeerplantage ist, stehen ja oft auch Bienenstöcke. Aber der Honig enthält durch den Einsatz von Düngemittel und Pestiziden chemische Stoffe. Honig aus dem Wald dagegen ist relativ naturbelassen. Das scheint mir einleuchtend.

Mit neuem Mut wende ich mich meiner Aufstellung zu und telefoniere weiter. Es läuft durchaus ziemlich gut. Als ich mir zwischen zwei Gesprächen das Gesicht reibe, merke ich, dass mir vor Aufregung ganz heiß geworden ist.

Ich schaue in den Spiegel: Tatsächlich, ich glühe. So geht es mir sonst nur beim Schreiben, wenn ich gerade einen richtig guten Lauf habe. Das macht mir Mut.

Ich rufe auch noch einmal beim Verein Pusteblume an und informiere sie über die Einladung. Ich frage sie, ob sie noch irgendwelche Ideen hätten, die sie nicht verwirklichen konnten. Etwas direkt Neues, was nicht auf meiner Liste steht, können sie mir auch nicht erzählen. Außerdem sind sie so unglücklich, dass die Stadt sie unbedingt auf das ungeliebte und unpassende Ausweichgelände umsetzen will, dass sie kaum noch an etwas anderes denken können. Sie tun mir leid, aber ich könnte ihnen erst helfen, wenn ich das Gelände pachten darf.

Also weiter.

Es geht mir die nächsten Tage ständig nur um dieses Konzept. Für nichts anderes habe ich mehr Platz in meinen Kopf. Zum Glück wiederholt sich der Albtraum mit den Erdbeeren nicht. Nachts schlafe ich wie ein Stein. Tagsüber stehe ich unter Hochspannung. Die Zeit sitzt mir im Nacken. Ich telefoniere, SMSe und maile, was das Zeug hält.

Im Nachbarort gibt es einen Husky-Verein, der mit seinen Schlittenhunden Fahrten anbietet. Die würden auch hier herkommen und rund um das Gelände kutschieren. Der Landfrauenverein könnte sich vorstellen, auch mal auf dem Heidenholz-Areal etwas zu machen. Allerdings halten die sich etwas bedeckt. Ich kann es ja irgendwie auch verstehen. Landfrauen sind unter anderem auch für ihre Kochkünste und speziell die Marmeladen bekannt. Und die werden halt oft aus Erdbeeren gemacht. In dieser Hinsicht finden sie so eine Erdbeerplantage sicher auch ganz nett.

Ich muss damit leben, dass nicht alle von meinen Ideen begeistert sind. Von manchen Leuten, bei denen ich mich per Mail melde, bekomme ich nicht einmal eine Antwort. Das ist nun mal so, denke ich mir und wühle mich auf der Suche nach Unterstützern weiter durchs Internet. Als ich eine Vorlage suche, wie so ein Konzept eigentlich offiziell auszusehen hat, stoße ich auf einen Bericht eines Landschaftsarchitekten, der da lautet *„Freiraumplanerischer Umgang mit Bestandsbäumen am Beispiel des Waldparks in Potsdam"*. Da sind einige ansprechende Formulierungen drin, die ich mit notiere. Außerdem steht da ein Satz der mich aufmerken lässt: *„ihre vegetationskundliche und faunistische Entwicklung (wird) von der Uni Potsdam wissenschaftlich untersucht."* Das wäre ja mal ein Partner! Mittlerweile verliere ich wohl jede Zurückhaltung und schreibe gleich mal eine Mail an die Universität. Ich suche mir als Adressaten den Referatsleiter für Forschungsangelegenheiten, -förderung,

Forschungsberichterstattung und Kooperationsverträge heraus. Wie wichtig es ist, sich gleich an die richtige Leute zu wenden, werde ich später noch feststellen.
Jedenfalls versuche ich, diesen Menschen mit folgenden Argumenten zu ködern. „Im Allgemeinen werden die Baumschulen, wenn sie aufgegeben werden, dem Erdboden gleich gemacht. Der Bestand hier in Wulfenfort steht in den ursprünglichen Quartieren seit beinahe 30 Jahren. Wäre das nicht eine interessante Forschungsaufgabe? Wann kann man schon mal nachvollziehen, wie sich so ein geordneter Bestand entwickelt, wenn er sich selbst überlassen wird?" Dabei vergesse ich in meiner Begeisterung wieder einmal ganz, dass solche Forschungsprojekte lange im Voraus geplant und genehmigt werden müssen. Darauf wird man mich später in einem netten Schreiben hinweisen. Aber im Moment greife ich nach jedem Strohhalm.
Als ich nahezu alle meine Ideen unterfüttert habe, mache ich mich mit meinen Aufzeichnungen auf den Weg zu meiner Nachbarin. Die kennt sich mit Antragsstellungen, Konzepten und Projekten viel besser aus als eine Frau, die hauptsächlich Liebesromane schreibt. Ich bin sowas von froh, dass sie mir hilft, zu dem Ganzen jetzt auch noch konkrete Zahlen hinzuzufügen. Daraus mache

ich dann später eine PowerPoint-Präsentation mit vielen einprägsamen Bildern. Die kommt richtig gut – denke ich mir.

Am Ende bin ich stolz auf meine Arbeit. Wenn ich etwas zu entscheiden hätte, würde ich mir den Zuschlag geben. Was ich da so ausführe ist schlüssig, rund und kommt allen interessierten Bürgern von Wulfenfort in der einen oder anderen Art zu Gute. Die verwilderte Waldfläche bleibt erhalten und kann als Schulungs- und Erholungsort genutzt werden. Es gibt eine Menge von interessanten Kursangeboten und Seminaren. Die alten Sanitäranlagen der Baumschule können dafür genutzt werden. Der Verein Pusteblume baut weiter sein Gemüse an und die weniger begüterten Menschen können sich bei der Tafel mit frischen Lebensmitteln versorgen. Für mich ist das stimmig. Und mein Hauptanliegen ist auch voll abgedeckt. Ich will doch in erster Linie den Wald retten. Und jetzt habe ich endlich mal ein gutes Gefühl.

Das bleibt jedoch nur solange, bis ich die Mail mit dem Inhalt erhalte, dass in der letzten Hauptausschusssitzung der Vorschlag unterbreitet wurde, dass der TOP Verkauf Baumschule Heidenholz in den Stadtentwicklungsausschuss verwiesen wurde. Es dauert eine Weile bis mir dämmert, dass mit TOP der Tagesordnungspunkt gemeint ist. Also nicht top wie topfit oder topwichtig oder so. Das mit dem Stadtentwicklungsausschuss ist mir inzwischen bekannt, denn ich habe ja eine Einladung zu dieser Veranstaltung bekommen. Was mich aber irgendwie erschreckt ist die Information, dass das Thema dort ausführlich mit mir und dem anderen Interessenten diskutiert werden soll. Daran habe ich noch gar nicht gedacht. Es gibt ja noch den zweiten Bewerber, wegen dem das eigentlich alles stattfindet. Wir sollen gegeneinander antreten? Sicher macht das für die Stadtverordneten Sinn. Aber ich finde es gruslig. Ein Battle um den Wald? Keine Ahnung, warum mir sofort dieser englische Begriff einfällt. Um mich abzulenken, google ich erst einmal, was es mit dieser Bezeichnung für einen Wettstreit auf sich hat. Na prima: Die Schlacht bei Hastings 1066 endete mit der Niederlage der Angelsachsen. Hatte ich erwähnt, dass ich ursprünglich aus Sachsen komme? Daher beruhigt mich diese Information ganz und gar nicht.

Zumal es in der Mail im schönsten Amtsdeutsch heißt: *„Sie werden also beide die Gelegenheit haben, Ihre Vorhaben und Projekte vorzustellen. Anschließend liegt es dann in der Entscheidungskompetenz der Stadtverordneten wie das Verfahren weiter geführt wird."*

Meine Hochstimmung ist verflogen. Umso mehr, als ich erfahre, dass ein anderer Nachbar auch bei der Hauptausschusssitzung war und dort

recht unbequeme Fragen zum Thema gestellt hat. Die aber wurden von unserem Bürgermeister Felsentramp entweder zurückgewiesen oder sind unbeantwortet geblieben.
Ich bin mir meiner Sache auf einmal gar nicht mehr so sicher.

Auf und ab der Gefühle

Dienstag 7. Februar

Der große Termin ist da! Heute sollen wir oder eigentlich soll ich DAS KONZEPT vorstellen. Die ganze letzte Woche habe ich an der PowerPoint Präsentation gebastelt. Zum Glück hat meine eine Nachbarin mehr Ahnung von der Konzepterstellung als eine Romaneschreiberin. Ohne die hätte ich ganz schön alt ausgesehen. So kann ich meine Ausführungen sogar mit Zahlen über geplante Einnahmen unterlegen. Meine Stärke ist es, emotionale Worte zu finden. Gefühle, Liebe und ein bisschen Herzschmerz sind mein Tummelplatz. Dummerweise kommt sowas bei den meisten Männern nicht so gut oder überhaupt nicht an. Und bei diesen Männern, die hier im Stadtentwicklungsausschuss unserer Kleinstadt sitzen, wird das kaum anders sein. Das verrät mir schon der erste Blick auf die Anwesenden. Den Vorsitz hat ein Herr Fersenbein. Der schaut schon so unfreundlich daher, dass es wohl abschreckend wirken soll. Unser Bürgermeister ist nicht anwesend. Dafür sein Stellvertreter, der Herr Dr. Freundlich. Ich weiß wirklich immer noch nicht, ob sein Name Programm ist. Aber zumindest lächelt er beim Guten-Abend-Sagen. Die meisten der Anwesenden kenne ich nicht. Darüber ärgere ich mich schon ein bisschen. Das kommt davon, wenn man ständig nur im Wald steckt oder auf der Tastatur herumhämmert, denke ich mir. Zur mir gewogenen Fraktion zähle ich Frau Sänger und Frau Näher. Herr Geradeaus ist nicht da. Den hätte ich auch gern zur Verstärkung haben wollen. Dann ist da noch einer der Handwerker, der schon mal an unserem alten Häuschen gewerkelt hat. Vielleicht ist er mir auch wohl gesonnen. Schließlich bin ich seine Kundin. Aber wer weiß schon, wo er noch alles gearbeitet hat.

Naja, auf alle Fälle sind mein Mann und die Nachbarn anwesend. Die werden mir sicher seelisch und moralisch den Rücken stärken. Immerhin werde ich sie während meines Vortrages ansehen und an ihrem Mienenspiel erkennen, ob ich meine Sache einigermaßen gut mache. Ich kann, als ich das denke, noch nicht ahnen, wie falsch ich liege. Das scheint übrigens mein neuestes Hobby zu sein; etwas Positives zu erwarten, was dann keineswegs eintritt.

Die Versammlung beginnt und Herr Fersenbein weist erst einmal darauf hin, dass heute Abend Fußball ist und sich alle möglichst kurz halten sollen. Ich finde das ziemlich seltsam. Es war mir vorher nicht klar, dass ein Fußballspiel wichtiger ist als die Frage, wie und wohin sich unser Städtchen Wulfenfort entwickeln soll. Frau Näher stellt gleich zum Anfang den Antrag, dass die einzelnen Parteien, denn der Mensch von der Plantage ist auch hier, ihre Konzepte im nicht öffentlichen Teil vortragen. Darum hatte ich sie gebeten, denn unsere Ideensammlung enthält einige Punkte, die sich die Gegenseite gut und gerne merken könnte. Irgendwie hat sie da wohl einen Verfahrensfehler gemacht, denn Herr Fersenbein fährt sie sofort an, das das jetzt nicht die richtige Stelle wäre. Dabei hätte ich tatsächlich gedacht, dass sowas an den Anfang einer Versammlung gehört. Aber gut. Sie bringt den Antrag also später noch einmal ein und ich werde gefragt, ob das denn wirklich nötig sei. Weil ich das momentan so empfinde, bestehe ich darauf und bekomme bei der Abstimmung über diesen Punkt sogar Recht. Das finde ich gut. Und wieder war das falsch gedacht. Es wäre echt besser gewesen, wenn die Zeitung damals über meine Ideen berichtet hätte. Vielleicht wäre alles ganz anders gekommen.

Wenn man im nichtöffentlichen Teil etwas darlegen soll, dann bedeutet das aber auch, dass man ganz zum Schluss dran ist. Das halte ich für gar nicht so schlimm, denn es ist interessant, wie Politik so im Kleinen gemacht wird. Da gibt es schon recht seltsame Sachen. Die arme Frau Sänger will etwas zu Gehör bringen und wird von Herrn Fersenbein, der mir immer unsympathischer wird, regelrecht angetrieben. Sie überschlägt sich beim Sprechen fast, und trotzdem drückt seine Körpersprache mehr als deutlich aus, dass ihn ihre Ausführungen nerven. Es fehlt nur noch, dass er sagt, sie soll schneller zum Ende kommen.

Danach werden weitere Themen besprochen. Unter Anderem erhält auch ein Mensch, der ein Projekt für ein neues Wohngebiet vorstellt, das Wort. Das ergreift er voller Ruhe und ohne unter Zeitdruck zu stehen. Ist ja auch richtig so. Zu einem ordentlichen Vortrag gehören entsprechende Pausen, um die vielen Informationen sacken zu lassen. Komischer Weise ist das jetzt auf einmal voll in Ordnung. Also hier wird eindeutig mit zweierlei Maß gemessen. Hoffentlich bin ich nachher nicht zu aufgeregt und rassle alles im Stück herunter. Egal wie, diesen Menschen hat man jedenfalls nicht mit dem Hinweis auf das heute noch stattfindende Fußballspiel angetrieben. So will ich das auch haben. Mir persönlich ist Fußball eh egal und ich nehme mir vor, mich nicht hetzen zu lassen.

Dann ist endlich unser Tagesordnungspunkt dran. Alle anderen müssen den Saal verlassen. Auch die Nachbarn. Soweit zur moralischen Unterstützung, die ich mir erhoffte. Das

Argument, dass wir inzwischen eine Interessengemeinschaft sind, zählt nicht. Was zählt, ist die Kommunalverfassung. Das ist übrigens auch ein Thema, welches mich in den nächsten Monaten nicht wenig beschäftigen wird. Wie dem auch sei; Herr Dr. Freundlich weist darauf hin, dass man vorher hätte beantragen sollen, wenn mehrere Leute im nichtöffentlichen Teil bleiben wollen. Ich bin ein bisschen sauer, denn woher sollen wir denn sowas wissen. Und überhaupt, so argumentiert er, würde die Einladung für den heutigen Abend nur für mich gelten.

Da geht sie hin, mein moralischer Beistand. Meine Unterstützer müssen vor der Tür warten. Ich stöpsle einstweilen meinen Laptop an den vorhanden Beamer. Währenddessen fordert mich Herr Fersenbein nicht gerade sehr höflich auf, dass ich mich zuerst einmal vorstellen solle, schließlich würde er mich nicht kennen. In Gedanken brubble ich zurück, denn ich kenne ihn ja auch nicht. Und das was ich bisher mitbekommen habe, das reicht mir. Aber ich antworte höflich, so empfinde ich es jedenfalls, das ich das mit meinem Vortrag erledige.

Ich bin ganz schön aufgeregt und spreche natürlich zum Anfang zu schnell. Dabei bin ich es gewohnt vor vielen Leuten zu stehen. Aber die kommen im Allgemeinen zu mir, weil sie mir zuhören wollen und mich irgendwie auch wenigstens ein bisschen mögen. Das ist hier heute anders. Egal, da muss ich jetzt durch, denke ich mir und versuche meine Nervosität zu dämpfen. Je länger ich rede, desto besser gelingt mir das. Nach der Einführung lande ich beim Wald, seinen Nutzen für uns alle und die Einwohner von Wulfenfort speziell. Das ist mein Thema! Ich erzähle über Waldbaden, über die neuesten Erkenntnisse aus Japan und wie wir das hier anwenden könnten. Und ich merke, wie ich immer sicherer werde. Allerdings darf ich nicht zu Herrn Fersenbein blicken. Dessen Gesicht ist wie aus Stein gemeißelt. Bei Herrn Dr. Freundlich habe ich ab und zu das Gefühl, der würde vielleicht gern nicken, aber er darf wohl nicht.

Jedoch habe ich mich gleich zum Anfang erst einmal über ihn geärgert. Ich fange mit meinem Vortrag an und der läuft hin und her und sogar aus dem Raum heraus. Als er das zweite Mal aufsteht, bin ich schon versucht etwas zu sagen. Ich bin hier eingeladen worden, um meine Sachen vorzutragen und finde das ziemlich unhöflich, wenn er so tut, als geht ihn das Konzept nichts an. Während ich noch überlege, wie ich das formuliere, setzt er sich wieder und ich konzentriere mich weiter auf meine Ausführungen.

Dummerweise sitzen Frau Sänger und Frau Näher so, dass ich ihnen nicht in die Augen schauen kann. Da kann ich mir also weder

Zuspruch noch Bestätigung holen. Meine Nachbarn hat man vor die Tür gesetzt und ich stehe hier ganz allein! Trotzdem denke ich nicht daran, mich unterkriegen zu lassen. Schließlich bin ich überzeugt, dass die Ideen, die hinter dem Ganzen stecken und jetzt endlich auch ein Gesamtpaket bilden, wirklich etwas Gutes sind. Angefangen hat es damit, dass ich eigentlich nur den Wald retten wollte. Mittlerweile steckt in der Angelegenheit so viel Herzblut von mir, dass ich das Projekt jetzt auch gern verwirklichen würde. Immerhin entdecke ich das eine oder andere Nicken von den Leuten, die ich nicht kenne. Das ist doch schon erst einmal ein Anfang.

Als ich fertig bin, stellt einer der Anwesenden eine Frage, die für mich wirklich einen Knackpunkt darstellt. Er möchte wissen, warum der zuständige Förster den derzeitigen Bewuchs auf einem großen Teil der Fläche als minderwertig und nicht erhaltenswert einstuft. Wenn ich nur wüsste, weswegen das so im Raum steht?

Auf jeden Fall hat er damit bei mir in ein Wespennest gestochen. Schließlich bin ich Försterstochter und habe oft genug mit meinem Vater über solche Sachen diskutiert. Also erkläre ich im Brustton der Überzeugung, dass die meisten der heutigen Förster den Wald oft nur als Wirtschaftsobjekt sehen. Sie rechnen in

Festmetern, die Geld bringen, in Brennholz, welches sich verkaufen lässt und hätten am liebsten nur solche Bäume, die man auf einer Auktion verkaufen kann. Alles andere ist ihnen egal. Oder muss ihnen egal sein. Aber das Letzte denke ich nur. Sicher tue ich mit meinem Statement unserem Förster Unrecht, aber ich habe das Gefühl, dass ich ab und zu mal über die Stränge schlagen muss, um mein Ziel zu erreichen.

Es kommen noch zwei oder drei Fragen, aber der Herr Fersenbein will ja zum Fußball und zeigt das auch deutlich. Ich packe zusammen und man bittet mich meine Ausführungen an die Stadt zu schicken. Es kommt gut an, dass ich mich bereit erkläre, das Ganze als PDF zu mailen. Was sollen sie den mit den Folien der PowerPoint-Präsentation? Das bedeutet für mich natürlich wieder eine Menge Mehrarbeit, denn ich werde die Notizen ausformulieren müssen. Egal. Wir besprechen, dass ich spätestens zum Ende der Woche alles fertig habe, damit man dann mein Konzept an das Protokoll der heutigen Sitzung hängen kann.

Dann verlasse ich den Saal. Der Andere ist dran. Der Erdbeer-Mensch hat keinen Laptop mit und ich kann auch keinen dicken Ordner entdecken. Ich würde ihn gern unsympathisch finden, aber das ist er nicht. Irgendwie tut es mir daher sogar leid, dass wir ihm so viel Stress machen. Und jetzt würde ich doch zu gern wissen, was er

vorträgt. Aber wir sind ja inzwischen im nichtöffentlichen Teil gelandet. Da bin ich ja jetzt selber schuld. Vor der Tür warten mein Mann und die Nachbarn. Nun ist die Interessengemeinschaft Heidenholz wieder komplett. Wir versichern uns, dass wir getan haben, was wir konnten und machen uns auf den Heimweg.
Zu Hause angekommen, muss ich erst einmal eine Flasche Wein köpfen. Ich brauch jetzt dringend etwas zu Stärkung. Das Ganze zerrt ziemlich an den Nerven. Ich hätte nicht gedacht, dass mich dieser Abend so mitnimmt. Dagegen sind die Emotionen in meinen Liebesromanen ja blanker Kinderkram. Vielleicht sollte ich solche Erfahrungen da auch mal mit einbauen? Das macht die Geschichten womöglich etwas tiefgründiger. Aber wollen meine Leserinnen sowas überhaupt? Ich weiß überhaupt nichts mehr!
Ich weiß nur eines: Ursprünglich wollte ich doch nur den Wald retten. Und jetzt habe ich das Gefühl, dass ich die halbe Stadtverwaltung gegen mich habe.
So langsam dringen mehr und mehr Informationen an die Öffentlichkeit. Ich werde immer öfter mit den Worten „Was ist denn da draußen im Wald los?" angesprochen. Kurioserweise habe ich das Gefühl, dass ich nicht so richtig vom Leder ziehen sollte.

Irgendwie scheue ich die Konfrontation. Ist ja auch blöd, wenn man sich mit der Verwaltung seiner eigenen Kleinstadt anlegen will.

Das mit dem Verkauf des Grundstückes aus dem Stadtwald und der Umwandlung in eine Erdbeerplantage ist sicher nur ein dummes Missverständnis. Kein Mensch kann daran wirklich Interesse haben! Heutzutage schon gar nicht. Die Natur und deren Erhalt gehen bekanntlich vor! Das sagt doch der gesunde Menschenverstand, denke ich mir. (Heute kann ich nur darüber lachen, wie naiv ich damals war.)

Nach meinem Auftritt beim Stadtentwicklungsausschuss bleibt es jedoch immer noch recht still von offizieller Seite. Bis sich dann auf einmal die Presse zu Wort meldet.

Dienstag 21. Februar

In der Internet-Ausgabe unserer Wulfenforter Stadtzeitung kann man lesen, dass sich die Stadtverordneten am kommenden Mittwoch treffen. Da ist auch ein Link auf die Tagesordnung zu finden. Dort steht als einer der Tagesordnungspunkte im nichtöffentlichen Teil „Grundstücksangelegenheiten". Ich weiß inzwischen nur zu gut, dass man unter dieser Bezeichnung der Versammlung den Teil findet,

bei der die Öffentlichkeit nichts zu sagen hat und auch nicht einmal zu gegen sein darf. Mit Grundstücksangelegenheiten ist, so hat man mir zugeflüstert, der Verkauf der Baumschule Heidenholz gemeint.
Zugeflüstert ist gut. Ich habe keine Ahnung wie oft ich in den nächsten Wochen noch sagen werde, dass ich diese und jene Information habe, sie aber nicht verwenden kann, weil ich die Quelle nicht nennen darf. Dabei sehe ich ja ein, dass man Auskünfte aus dem nichtöffentlichen Teil nicht so einfach ausplaudern darf. Aber irgendwie herrscht in unserer Stadt doch auch wohl ein recht befremdliches Klima. Mehrere Stadtverordnete erzählen mir im Laufe der Zeit, dass Bürgermeister Felsentramp ihnen mit einer Anzeige gedroht hat, wenn sie aus dem nichtöffentlichen Teil plaudern. Ich finde das komisch. Wir sind hier ein ziemlich kleines Örtchen, da kommt früher oder später sowieso alles ans Licht. Auch, dass der Herr Beyer vom Liegenschaftsamt mit dem Plantagenbesitzer verwandt ist.
Dass ich das schon einigermaßen verwerflich finde, soll ich auch nicht öffentlich herausposaunen, rät man mir. Ob der Bürgermeister mich dann auch verklagen würde? Zum Glück habe ich ja eine Rechtschutzversicherung, denke ich und bin meinem Mann dankbar, dass er nicht

zugestimmt hat, diese zu kündigen. Bis vor einiger Zeit war ich vollkommen davon überzeugt, dass das wirklich rausgeschmissenes Geld ist. Ich sitze hier fast den ganzen Tag im Wald und schreibe Bücher über Liebe und so. Mein Mann ist auch nicht gerade ein streitbarer Mensch. Wozu brauchen wir dann eine Rechtschutzversicherung, hatte ich mir gedacht. Nach den ganzen Erzählungen über Anzeigen und Verklagen, weil man unangenehme Wahrheiten ans Licht bringt, bin ich froh, dass ich mich nicht durchgesetzt habe. Falls mir in Zukunft mal wieder jemand das Schweigen anrät, damit ich nicht vor Gericht lande, kann ich ja entgegnen, dass ich eine gute Rechtsschutzversicherung habe. Ehrlich gesagt, hätte ich nicht geglaubt, dass ich das wirklich einmal sagen würde. Werde ich. Und nicht nur einmal.

Am gleichen Tag erscheint auch noch ein Artikel in unserer lokalen Presse. Der trägt die Überschrift *„Protest gegen Verkauf der Baumschule"*. Darunter wird den Lesern mitgeteilt, dass die Wulfenforter Stadtverordneten am Mittwoch nicht-öffentlich entscheiden, ob die ehemalige Baumschule Heidenholz verkauft wird. Der Betreiber der Erdbeerplantage wolle auf zehn Hektar Gelände weitere Anbauflächen schaffen. Doch dagegen würde sich Widerstand regen und die Zustimmung des Stadtparlaments sei auch noch

nicht gewiss.
Wow, denke ich, das sind aber mal klare Worte. Ich lese weiter und entdecke sogar meinen Namen. Und etwas über die Interessengemeinschaft Heidenholz. Ich finde, wir kommen ganz gut weg in dem Artikel. Ich werde sogar zitiert. Mehrmals. Teile meines Konzeptes werden vorgestellt und der ganze Tenor geht in die Richtung, dass ein Verkauf unnötig ist, weil die Stadt genug Geld im Stadtsäckel hat.
Ich habe mein Konzept inzwischen per Mail in der halben Welt verteilt und natürlich auch die Presse nicht vergessen. Es ist mir mittlerweile vollkommen egal, was mit meinen Ideen geschieht. Ich kann mich immer nur wiederholen, dass ich den Wald retten will. Um Ideen bin ich sowieso nicht verlegen, die wachsen bei mir im Kopf, wie Unkraut nach dem Regen. Bäume dagegen brauchen ewig, bis sie groß sind.
Einen Tag später, als die denkwürdige Stadtverordnetenversammlung anberaumt ist, freue ich mich, dass auch die Online-Ausgabe der Wulfenforter Stadtzeitung noch einmal das Thema aufgreift. Auch hier lautet die Überschrift *„Protest gegen Verkauf der Baumschule"*. Wenn die Stadtverordneten das lesen, dann können sie gar nichts anderes tun, als den Kaufantrag abschmettern, denke ich mir. Noch bin ich naiv

und vertrauensselig. Das bleibt nicht so. Versprochen.

Immer noch Dienstag, 21. Februar

Ich bin ganz aufgeregt. Heute habe ich nämlich einen Termin bei Dr. Freundlich. Ich, persönlich! So kurz vor der Abstimmung durch die Stadtverordneten kann das doch nur etwas gutes sein, denke ich.

In der Woche zuvor, am Donnerstag, rief das Büro von Dr. Freundlich, der den Geschäftsbereich 3 leitet, bei mir an und lud mich zu einem Abstimmungstermin ein. Am liebsten wollten sie ja, dass ich gleich am Freitag vorbeikomme. Inzwischen bin ich aber doch ein klein wenig bockig geworden, was die ganze Sache mit der Stadtverwaltung betrifft. Erst reagieren sie wochen-, ja eigentlich monatelang, nicht auf meine Anfragen, und dann soll ich sofort springen! Nö, darauf habe ich nun auch keine Lust. Also sage ich, dass ich am Freitag nicht kann, und habe einen anderen Termin vorgeschlagen. Im Nachhinein wurde mir dann klar, dass man mich unbedingt noch vor diesem Abstimmungs-Mittwoch treffen wollte. Allzu zickig mochte ich mich aber nun doch nicht anstellen und so habe mich dann auf den heutigen Dienstag eingelassen. Immerhin erhoffe ich mir von so einem Gespräch doch irgendetwas positives. Nur zur Erinnerung: Der Geschäftsbereich 3 unserer Stadtverwaltung in Wulfenfort beinhaltet die Abteilungen Stadtentwicklung, Bauwesen, Wirtschaft, Ordnung und Verkehr. Und Dr. Freundlich ist der Sachgebietsleiter davon. Da war ich doch genau richtig! Und diesmal würde ich nicht nur mit einem Mitarbeiter sprechen, sondern war beim Chef eingeladen. Das sah doch echt gut aus!

Also trabe ich voller Elan los.

Ich gebe es zu, ich habe mich sogar etwas in Schale geschmissen. Nicht zu doll. Nur ein bisschen. Aber wenn man einen persönlichen Termin beim stellvertretenden Bürgermeister hat, dann geht man da ja wohl nicht in Jogginghosen und Schlamper-T-Shirt hin.

Wie gesagt, ich stürme voller Elan in das Büro von Dr. Freundlich. Klopfen. Rein. Und hier bin ich.

Leider bremst man mich sofort in meinem Schwung. Die Sekretärin erklärt mir, dass Herr Dr. Freundlich dringend weg musste. Ich glaube, ich bin im falschen Film! Das kann doch jetzt nicht wahr sein, schreit alles in mir. Alle meine Hoffnungen purzeln wie ein Kartenhaus zusammen. Sicher hat man auf so einem Posten auch mehr zu tun, als sich mit jedem Bürger, der ein Problem hat, einzeln zu befassen. Aber ich hatte doch einen Termin! Das ist das Einzige, was ich zuerst einmal ziemlich verdattert herausbringe. Man erklärt mir nochmals geduldig, dass es wirklich eine kurzfristige und wichtige Sache sei, zu der Herr Dr. Freundlich dringend hin muss. Auf meinen Einwand, warum man mich nicht benachrichtigt hat, damit ich mir den Weg sparen kann, wird nicht reagiert. Stattdessen bittet mich die Sekretärin zuvorkommend, ihr zu folgen, damit ich nicht umsonst hier gewesen sei. Herr Dr. Freundlich hätte einen Mitarbeiter mit der Sache betraut, der an seiner Stelle mit mir reden würde. Stumm vor mich hin grummelnd, zottle ich hinterher.

Und dann denke ich, mich trifft der Schlag! Die gute Frau bringt mich doch tatsächlich zu Herrn Ader, bei dem ich vor einiger Zeit schon einmal war. Was soll ich denn hier? Der kann und darf doch gar nichts entscheiden! Am liebsten würde ich auf dem Absatz kehrt machen. Aber da steht mir mal wieder die anerzogene Höflichkeit im Weg. Außerdem sitzt der arme Mensch nicht allein im Zimmer, sondern bei ihm ist noch der Chef der Grünanlagen. Den kenne ich so ein bisschen und daher will ich nun doch keinen Aufstand anzetteln. Irgendwie sieht es für mich aus, als ob sich der Herr Ader Beistand geholt hat. Kann ich ihm ja auch nicht verdenken. Das letzte Mal habe ich ihm ja fast mit meinem Redefluss erschlagen.

Obwohl ich sauer bin, setze ich mich hin und höre mir an, was man zu sagen hat. So richtig kann ich es nicht glauben. Man bietet mir eine Ausgleichsfläche an. Zur Pacht. Ein anderes Stück Wald. Ohne die Gebäude und Sanitäreinrichtungen der alten Baumschule. Die ich ja brauchen würde, wenn ich mein Konzept umsetzen will. Was soll ich denn mit einem reinen Stück Wald? Haben die nicht mal in meinen Projektentwurf reingeschaut? Ohne ein entsprechendes Basislager kann man mehr als zwei Drittel der Ideen nicht umsetzen. Ich bin wie vor die Stirn geschlagen. Was soll das Ganze? Irritiert schüttle ich den Kopf. Natürlich lehne ich das ab. Herr Ader nickt betrübt und meint, dass er sich das schon gedacht hat. In meine Wut und Empörung schleicht sich so nach und nach eine große Portion Ernüchterung. Was habe ich mir denn bloß eingebildet? Da kommt so eine relativ unbekannte Autorin aus dem Wald und bringt alles durcheinander? Und dafür versaut man dem Schwager des alteingesessenen Herrn Beyer, der Chef des Liegenschaftsamtes ist, einen lukrativen Landkauf? Vielleicht sollte ich demnächst Krimis schreiben, das schärft wohl eher den Verstand als meine albernen Herz-Schmerz-Geschichten. Die beiden Herren bemerken meinen Frust und sind auf ihre Art recht freundlich zu mir. Wahrscheinlich tue ich ihnen leid. Ohne es mir

direkt ins Gesicht zu sagen, erklären sie mein Ansinnen für nahezu aussichtslos. Man kann sich gegen manche Sachen so sehr stemmen, wie man will, man kommt da einfach nicht mit durch, lautet der Grundtenor des Gespräches. Der Grünanlagen-Chef berichtet von einem Fall, wo er sogar vor Gericht gezogen ist und trotzdem nichts erreicht hat.
Mit hängenden Schultern schleiche ich mich von dannen. Ich bin am Boden zerstört. Erst ist der Dr. Freundlich nicht da, weil er etwas Wichtigeres zu tun hatte und dann noch dieses deprimierende Geplapper. Ich will doch nur den Wald retten und nun sehe ich, meine Chancen stehen gegen Null.
Zum Glück hält diese Stimmung nicht ewig an. Zwei Tatsachen reißen mich aus meiner Lethargie. Genau genommen sind es eine Überlegung und eine Information.
Zuerst die Überlegung. Warum war dieser Termin mit mir denn eigentlich so dringend, wenn sie mir doch nur ein anderes Stück Wald zur Pacht angeboten haben? Wenn ich mich richtige erinnere, hatte man es eilig. Sollte das irgendwas, mit der kommenden Stadtverordnetenversammlung zu tun haben? Wie stimmig diese Vermutung ist, wird mir bei dieser Veranstaltung klar werden. Dort verkündet man, dass beiden Interessenten eine Ausgleichsfläche offeriert wurde. Und beide haben abgelehnt. Wenn mir die ganze Sache

nicht so am Herzen liegen würde, dann könnte ich ja glatt den Hut vor so viel Schlitzohrigkeit ziehen.

Meine Bewunderung für die Taktik der Stadtverwaltung hält sich allerdings in Grenzen und verwandelt sich in ziemliche Wut. Dafür sorgt eine Information, die ich noch am selben Abend erhalte. Niemand hat es gern, wenn man ihn verschaukelt. Ich bin da keine Ausnahme. Verschaukeln ist noch ein charmanter Ausdruck, wie ich erfahren muss. Mein lieber Dr. Freundlich hatte keinen dringenden Termin. Er saß bei einem schon lange abgesprochenen Treffen, das man auch problemlos hätte verschieben können. Zu meinem Glück oder seinem Pech, gibt es inzwischen auch genügend Leute, die die Sache mit dem Wald auch so sehen, wie ich. So erfahre ich auch ab und zu mal Dinge, die vielleicht nicht unbedingt für mich bestimmt sind.

In diesem speziellen Fall bedeutet das, dass der Herr Dr. Freundlich keineswegs die Absicht hatte, sich mit mir zu treffen. Wahrscheinlich fehlte ihm einfach die Lust, sich mit mir abzugeben. Da war es doch viel bequemer, nicht da zu sein. Von Anfang an war ihm klar, dass ich den Vorschlag mit der Ausgleichsfläche ablehnen würde. Ich brauche nicht irgend ein Stück Wald, um mein Konzept zu realisieren. Es ist genau auf diese Fläche zugeschnitten. Denn es geht unter anderem auch darum die Bäume, die noch recht geordnet in den einzelnen Beeten der ehemaligen Baumschule Heidenholz stehen, als Lehr- und Anschauungsmaterial zu benutzen. Was soll ich da mit Wald, der einfach nur Wald ist, wie man ihn im Allgemeinen kennt?

Ich bin wirklich richtig wütend. Nicht so, dass ich Rot sehe. Sondern eher so in die Richtung, dass ich mir doch hier wohl nicht alles gefallen lasse! Wenn sie denken, dass sie mich jetzt zum Aufgeben gebracht haben, dann haben sie sich aber geschnitten! Wenn sie weiterhin denken, ich merke nicht, wenn man versucht, mich über den Tisch zu ziehen, dann liegen sie falsch! Das facht nur noch meinen Widerstand an. In dem Falle, dass ich Romane schreiben würde, die im Mittelalter spielen, dann wäre es jetzt an der Zeit zu den Waffen zu rufen. Die Verhandlungen sind gescheitert. Die Ritter satteln ihre Pferde, greifen zu den Schwertern und hissen das Banner. (Ich werde doch irgendwann noch das Genre wechseln, befürchte ich.)

Zumindest habe ich an diesem Tag mehrere Sachen gelernt. Die stehen alle unter dem Tenor, dass die Wulfenforter Stadtverwaltung ein ziemlich ausgekochter Haufen ist. Auf jeden Fall, wenn es darum geht, ihre Interessen zu wahren. Da laden sie mich zum stellvertretenden Bürgermeister ein, weil sie sich denken, dass ich keine Lust haben werde,

nochmals mit Herrn Ader zu reden, der eh keine Entscheidungen fällen darf. Mein vorgesehener Gesprächspartner verschwindet unter einem Vorwand, weil er wahrscheinlich wiederum keine Lust auf eine unbefriedigende Diskussion mit mir hat. Man macht mir, trotz besseren Wissens, den Vorschlag mit der Ausgleichsfläche, damit man anschließend auf der Stadtverordnetenversammlung verkünden kann, dass ich diesen abgelehnt habe.
Clever. Echt clever.
Und noch was ist klar: Dr. Freundlich ist nicht so freundlich, wie er sich immer gibt. Sein Name ist nicht Programm. Er tut nur so.

Mittwoch 22.Februar

Heute soll nun die Entscheidung fallen. Irgendwie kann ich es nicht glauben, dass die Abgeordneten das Heidenholz einfach so zerstückeln wollen. Darum bin ich anfangs recht gelassen.
Früh am Morgen bekomme ich einen Anruf von einer netten Dame. Die hat inzwischen von meinem Einsatz für die alte Baumschule gehört und teilt mir mit, dass ihre ganze Familie entsetzt ist, was da abläuft. Sie fragt mich, ob ich es schrecklich finde, wenn sie auch noch ein

Kaufangebot abgeben. Sie kennt mein Konzept und würde mich gern einbeziehen.
Wow, denke ich, die Sache kommt ja ganz schön in Fahrt und dann frage ich, ob sie denn ebenfalls die Absicht haben die Bäume abzuholzen. Das haben sie auf keinen Fall, wird mir versichert. Dann bin ich dabei, sage ich. Natürlich können sie sich auf mein Konzept berufen. Mir ist es im Grunde genommen egal, wem die alte Baumschule gehört. Leider habe ich noch lange nicht so viele Bücher wie Nora Roberts verkauft. Daher kann ich es mir vom Prinzip her nicht leisten, ein Kaufangebot für den Wald abzugeben. (Hätte ich allerdings damals gewusst, wie billig die Wulfenforter Stadtväter das Areal verschleudern wollten, dann hätte ich frech auch ein Angebot abgegeben.)
Einer meiner Nachbarn schaut vorbei und erzählt mir, dass er zusammen mit zwei anderen auch ein Kaufangebot gemacht hat. Soll mir recht sein. Wenn nur der Wald erhalten bleibt. Eigentlich ist das doch prima, überlege ich mir. Wenn jetzt noch mehrere Anträge zum Kauf vorliegen, dann kann man das heute Abend sicher nicht so schnell entscheiden. Dann wird die Sache sicher noch einmal vertragt, und ich kann weitere Argumente und auch Unterstützer sammeln. Um mich selber zu beruhigen, erzähle ich mir den Rest des Tages ständig Geschichten über den gesunden Menschenverstand. Die

Natur als Erholungsgebiet hat doch heutzutage einen so hohen Stellenwert, da kann man doch nicht im Ernst daran denken, eine Monokultur daraus zu machen. (Ich kleines Dummerchen!) Je weiter die Zeit fortschreitet, desto unruhiger werde ich. Die Versammlung beginnt um 18 Uhr. Ich muss eigentlich bis 19 Uhr einen Kurs an der Volkshochschule geben. Aber irgendwie bin ich nicht bei der Sache. Weil ich inzwischen so hippelig bin, frage ich meine Leute, ob ich sie 10 Minuten eher nach Hause schicken kann. Alle verstehen meine Situation und sind zum Glück einverstanden.

Also mache ich mich auf den Weg zur Stadtverordnetensitzung. Leider ist die erste Runde der Bürgerfragestunde schon vorbei. Meine Sitznachbarn flüstern mir aber zu, dass es hoch her ging und der Bürgermeister ziemlich allergisch auf das Thema Heidenholz reagierte. Entweder bekamen die Bürger unfreundliche Antworten oder es wurde auf den nichtöffentlichen Teil verwiesen. Das war übrigens auch bei anderen Themen so und scheint der Grundtenor in unserem Städtchen zu sein, stelle ich entgeistert fest.

Ich schnaufe in mich hinein. Die Problematik des nichtöffentlichen Teils der Versammlung ist mir ja vom Hauptausschuss bekannt. Wieso wird sowas wichtiges, wie der Verkauf eines Bestandteiles unseres Stadtwaldes, hinter

verschlossenen Türen verhandelt? Gibt es da etwas, was wir nicht wissen sollen?
Endlich ist die zweite Runde der Einwohnerfragestunde dran. Ich stehe auf und frage ob alle Stadtverordneten mein Konzept erhalten haben. Allgemeines Kopfschütteln. Die Stadtverordneten kannten nicht einmal das Protokoll von der Sitzung des Stadtentwicklungsausschusses, der die Beschlussfindung vorbereitet hatte. Die Dame, die den Protokollversand in der Stadtverwaltung erledigt, ist sein Wochen krank, gibt man als Entschuldigung an. Verstehe ich das jetzt richtig? Es soll etwas entschieden werden, ohne dass man alle Fakten und Informationen hat? Bin ich im falschen Film? Auch von den anderen Kaufangeboten ist nichts bekannt. Die nachfragenden Mitbürger werden ziemlich unwirsch abgewiesen. Geht man denn so mit seinen Einwohnern um? Wer ist denn hier für wen da? Ich werde mir bei der nächsten Wahl sicher ganz genau anschauen, wohin ich mein Kreuz mache. In Gedanken gehe ich die Stadtverordneten durch. Der wird gewiss für den Wald stimmen. Der. Der auch. Der nicht. Der auf keinen Fall, so wie der jetzt schon immer argumentiert hat. Bei dem weiß ich es nicht. Mir wird ganz flau im Magen. Das könnte knapp ausgehen, bei der Abstimmung. Diejenigen von den Bürgern, die gegen den Verkauf des Heidenholzes an einen privaten

Investor sind, melden sich mehrmals zu Wort.
Aber irgendwie habe ich den Eindruck, dass wir
alle gegen eine Wand reden. Die Antworten, die
man bekommt sind nichtssagend oder verweisen
ziemlich barsch auf den nichtöffentlichen Teil.
Mehr noch als über den vorherrschenden
unfreundlichen Ton, wundere ich mich die
ganze Zeit darüber, ob man denn eigentlich was
beschließen kann, wenn man nicht rundum
Bescheid weiß?
Den Herrn von der Erdbeerplantage hat man
übrigens eingeladen, um ihm einige Fragen zu
stellen. Ich bekomme leider dieses Privileg nicht,
obwohl das auch mal kurz im Gespräch war.
Also müssen alle andern den Saal verlassen, als
dieser fatale nichtöffentliche Teil beginnt.
Im Foyer findet sich dann schnell eine Gruppe
von Gleichgesinnten. Egal wie verschieden unser
Ansatz ist, wir wollen alle den Wald retten.
Irgendwie tut es gut, dass ich nicht mehr so
allein auf weiter Flur stehe. An diesem Abend
erweitert sich unsere Interessengemeinschaft um
einige wichtige Mitstreiter.
Während wir noch diskutieren gesellt sich Herr
Dr. Freundlich zu uns. Der will wohl die Wogen
etwas glätten, schließlich möchte er sich in
einem knappen halben Jahr zur Wahl als
Bürgermeister stellen. Er redet und redet und
sagt am Ende doch nichts. Keine unserer Fragen
wird beantwortet. Nicht einmal die, von wem

wir das Ergebnis der Abstimmung erfahren können.

Als ich ihn damit konfrontiere, dass er mich am Vortag wissentlich versetzt hat, streitet er natürlich alles ab. Es hat keinen Zweck mit ihm zu diskutieren und so beschließe ich, die Sache mit Galgenhumor zu nehmen. Daher sage ich zu ihm: „Warten sie mal ab, Dr. Freundlich. Wir zwei gehen schon noch mal zusammen im Wald spazieren." Er wird sich später nicht mehr an diesen Satz erinnern. Ganz im Gegensatz zu meinen Mitstreitern. Ach, wenn ich doch immer so gut im Vorhersagen wäre!

Auf die Nachfrage, warum denn der Erdbeermensch im geheiligten nichtöffentlichen Teil sprechen darf, und die anderen Interessenten nicht, bekommen wir übrigens die Antwort, dass er dafür einen Antrag gestellt hat. Das hätten wir auch machen können. Na toll, woher soll man denn sowas wissen!

Zumindest sind wir als Gleichgesinnte ein ganzes Stück näher zusammengerückt. Das scheint das einzig positive Ergebnis an diesem Abend zu sein. Als die Tür aufgeht und die Stadtverordneten herauskommen, versuchen wir vergeblich etwas aus ihren Gesichtern zu entnehmen. Aber so ganz glücklich scheinen sie nicht zu sein. Schließlich gehen wir ohne wirkliche Erkenntnis nach Hause.

Dort brauche ich erst mal ein großes Glas Wein. Hoffentlich ist die Sache jetzt ausgestanden,

denke ich mir. Sowas zerrt ja echt an den
Nerven.

Donnerstag 23.Februar

Früh am Morgen nach einer unruhigen Nacht:
Wir wissen nichts. Diese Information teilen wir
über WhatsApp. So eine Ungewissheit ist nervig.
Erst zum Mittag kommt die Nachricht: Es wurde
beschlossen, dass der Wald an den
Erdbeermenschen verkauft wird.
Die Telefone laufen heiß, als wir uns über dieses
Ergebnis austauschen. Fakt ist: Wir sind am
Boden zerstört. Irgendwie können wir es nicht
so richtig fassen. Wie konnte sowas nur
geschehen?
Natürlich verbreitet sich diese Kunde auch
ziemlich schnell über die sozialen Medien. Die
Wulfenforter sind erschüttert. Es hagelt
Kommentare.
Die spinnen doch ... erst überall werben für das
Naherholungsgebiet und dann sowas ...
Hauptsache das Geld stimmt
Mein Entsetzen weicht langsam einer tiefen
Traurigkeit. Ich stelle mir vor wie der Harvester,
die große vollautomatische Holzerntemaschine,
durch die Reihen der Bäume fährt und alles platt
macht. Vögel, Rehe, Hasen und alle anderen

Tiere fliehen entsetzt. Und was ist mit denen, die nicht so schnell wegkommen? Ich habe das Szenario von „Als die Tiere den Wald verließen" vor Augen und einen dicken Kloß im Hals.
Und dann ist da noch etwas. Man könnte es vielleicht grenzenloses Unverständnis nennen. Unsere Stadtverordneten sind doch eigentlich dafür gewählt worden, die Interessen der breiten Masse zu vertreten und nicht nur einen einzelnen Unternehmer zum Gefallen zu sein! Meine Enttäuschung ist groß. Schließlich müssen ja mehr als die Hälfte der zwanzig anwesenden Stadtverordneten dem Verkauf zugestimmt haben! Ich hätte nie gedacht, dass die Abstimmung letzten Endes wirklich so ausgeht. Das nicht alle so ein Faible wie ich für den Wald haben, war mir klar. Aber dass man so auf verlorenem Posten stehen kann, habe ich mir nicht vorgestellt. Zumal sich in den vergangenen Wochen immer mehr Leute zu Wort gemeldet haben, denen unser Heidenholz am Herzen liegt. Wir haben uns hier ja zu einer recht großen Interessengemeinschaft zusammen gefunden. Sollte das alles umsonst gewesen sein?
Meine Laune wird nicht besser, als meine Mutter mir am Nachmittag einen Artikel aus der lokalen Presse auf den Schreibtisch legt.
Dort steht unter der fetten Überschrift *„Baumschule wird zur Obstplantage"* folgende Einleitung: *„Die ehemalige Baumschule Heidenholz wird eine Obstplantage werden. Das haben die*

Wulfenforter Stadtverordneten am Mittwoch nicht öffentlich entschieden. Über das Thema gab es schon im öffentlichen Teil lange Diskussionen."
Lange Diskussionen gab es, da hat der Verfasser vollkommen Recht. Leider haben die nichts gefruchtet, denke ich deprimiert. Ich lese den Zeitungsartikel wieder und wieder durch. Da steht es schwarz auf weiß. Das Ding ist gegessen. Erledigt. Aus und vorbei. Klappe zu – Affe tot.
Trotz allem, regt sich so nach und nach ein kleines bisschen Widerstand in mir. Was der Mensch von der Zeitung schreibt, ist mir gestern auch ständig im Kopf herum gegangen. Im Grunde genommen konnten die Stadtverordneten gar keine ordentliche Entscheidung treffen. Oder hätten sie diese sogar nicht treffen dürfen?
Meine Augen wandern immer wieder zu dem Abschnitt im Artikel, wo eine Abgeordnete zitiert wird: »*"Wir verfügen eigentlich allesamt nicht über die Informationen. Das reicht nicht, um sich für eine Beschlussfassung zu positionieren." Das wollte Felsentramp aber nicht gelten lassen.*«
Genau das war unser aller Eindruck gewesen! Der Bürgermeister hat interveniert. Langsam erwacht mein Kampfgeist und ich stelle mir zwei Fragen.
Die eine lautet: Darf der denn das? Und die Andere: Sollen wir ihn damit einfach

durchkommen lassen?

Aufgeben oder weitermachen?

Freitag 24. Februar

Die anfängliche Fassungslosigkeit weicht nicht nur bei mir langsam einer wütenden Entschlossenheit. Es ist ein gutes Gefühl, nicht mehr allein auf weiter Flur zu stehen und so überlegen in den Tagen nach der fatalen Entscheidung der Stadtverordneten recht viele Leute, was und ob etwas zu machen ist. Wir tragen unsere Ideen und Einfälle zusammen. Telefon, Email, WhatsApp - es geht ständig hin und her und ich komme nicht mal mehr zum Essen.
In den sozialen Medien kochen die Emotionen ebenfalls hoch. Einzelne Stadtverordnete melden sich zu Wort und bekennen, dass sie dagegen gestimmt haben, damit die empörten Bürger sie nicht persönlich deswegen angreifen. Damit hätte ich ja nun mal wieder gar nicht gerechnet, aber Frau Sänger schreibt tatsächlich auf

Facebook: "*Aber bitte kommen Sie nicht in mein Büro, um mich zu maßregeln, denn meine Stimme war eine der NEIN-Stimmen*".

Diese Entwicklung lässt mich zum hundertsten Male darüber nachgrübeln, ob es nicht besser gewesen wäre, früher an die Öffentlichkeit zu gehen. Man hat ja heute doch eine ganze Menge Möglichkeiten. Der RBB-Bus wäre eine davon. Mir fallen noch kurz Mario Barth, die Super-Illu und die Bild-Zeitung ein, aber irgendwie gefällt mir das nicht.

Im Augenblick bringen solche Überlegungen ja auch nichts. Die Stadtverordneten haben entschieden, dass die Fläche verkauft werden soll. Keine Ahnung, ob man so eine Abstimmung kippen kann und wenn, wie man das anstellen soll. Ich ärgere mich über mich selber. Warum habe ich mich nicht eher darum gekümmert, was so in unserer Stadt abläuft? Bis vor kurzem wusste ich nicht einmal, welche Rolle eine Kommunalverfassung spielt. Genau genommen nicht einmal, dass es sowas gibt. Da haben wir nun den Salat: Wenn man sich nicht auskennt, dann ist man der Gelackmeierte.

Bei den vielen Kommentaren, die inzwischen durch das Internet geistern, sind auch einige, die hoffen, dass der Erdbeer-Mensch, wenn er sieht, dass das Ganze so einen Sturm der Entrüstung ausgelöst hat, klein bei gibt. Ich glaube das nicht. Sind wir mal ehrlich: Die Möglichkeit heutzutage Land zu einem recht niedrigen Preis

erwerben zu können, ist doch zu verlockend. Man ist ja selber ähnlich gestrickt. Beim Einkaufen greifen wir auch im Allgemeinen ohne zu Zögern zum günstigeren Angebot, wenn es sich um verhältnismäßig gleiche Artikel handelt. Der Typ ist doch in erster Linie Geschäftsmann, und die rechnen halt. Müssen rechnen, sonst sind sie bald pleite. Ich kann das alles verstehen. Das hilft dem Wald aber in keinster Weise. Wenn ich den retten will, dann muss ich diese Gedanken beiseiteschieben.
Was ich nicht verstehen kann ist, wie es zu so einem dermaßen preiswerten Angebot überhaupt kommen konnte. Das ist komisch. Es gibt doch Richtwerte, Bodenwertzahlen etc. Soviel weiß ich inzwischen sogar. Und ich habe, wie ich immer wieder feststellen muss, nicht viel Ahnung von der Materie. Mir stellen sich daher mindestens zwei Fragen. Wer hat den Preis festgelegt? Und warum wurden andere Kaufinteressenten, die eine doppelt so hohe Offerte boten, überhaupt nicht in Betracht gezogen. Auch wenn ich unseren nördlichen Nachbarn mit diesem Spruch Unrecht tue: Es ist was faul im Staate Dänemark.
Ich bin wirklich nicht allein mit dieser Ansicht. Selbst in der Tageszeitung erscheint ein Artikel mit der Überschrift: "*Baumschule Heidenholz wird zur Erdbeerplantage*".
Da kann man unter anderem folgendes lesen:

"Die ehemalige Wulfenforter Baumschule wird eine Erdbeerplantage werden. Das haben die Wulfenforter Stadtverordneten am Mittwoch nicht öffentlich entschieden. Über das Thema gab es schon im öffentlichen Teil lange Diskussionen. „Betreffs Ihrer Anfrage teile ich Ihnen mit, dass ein Beschluss im Sinne der Antragstellung gefasst worden ist", erklärte Bürgermeister Felsentramp schriftlich auf unsere Anfrage. Im nicht-öffentlichen Teil wurde der Verkauf der zehn Hektar großen Fläche an den Erdbeerplantagenbetreiber Karl Mirtillo mit zehn Ja-bei sieben Nein-Stimmen und fünf Enthaltungen beschlossen. Zuvor war das Thema im öffentlichen Teil der Sitzung stundenlang diskutiert worden. Im Publikum saß eine Vielzahl von Bürgern, die Felsentramp mit Fragen überhäuften. Unser Beitrag zum Thema vom Mittwoch hatte einige Menschen aufgeschreckt, die sich auch an unsere Redaktion wandten. Ihnen allen lag der Erhalt des Heidenholz am Herzen."

Der Artikel ist lang und spiegelt genau das wieder, was wir erlebt hatten. Und dann steht noch etwas Interessantes darin. Unser Bürgermeister Felsentramp beschwert sich doch konkret darin, dass im Vorfeld aus den nicht-öffentlichen Beratungen über das Thema auch Details nach außen gedrungen seien. Da hätten doch tatsächlich manche Abgeordneten ihre Verschwiegenheitspflicht verletzt.

Na, das ist ja wohl hammerhart, denke ich beim Lesen. Ist der Verkauf des Heidenholzes im Vorfeld zur geheimen Reichssache erklärt

worden, über die man nicht reden darf?
Ich wundere mich wieder einmal, welche Worte mir so einfallen. Erst die Sache mit Dänemark, wo etwas im Staate faul sein soll, und jetzt das. Diese Formulierung klingt echt übel. Immerhin informiere ich mich erst einmal bei Wikipedia über Geheimhaltungsstufen. Da steht: *"wird von einer amtlichen Stelle oder auf deren Veranlassung die Schutzbedürftigkeit von Informationen festgelegt."*
Und was sagt die Kommunalverfassung dazu? Der Gedanke zeigt mir, wie weit es schon mit mir gekommen ist. Ich erschrecke, schaue aber trotzdem nach. Dort kann man lesen: *"Die Öffentlichkeit ist auszuschließen, wenn überwiegende Belange des öffentlichen Wohls oder berechtigte Interessen Einzelner es erfordern."*
Das kann man natürlich wieder mal so oder so sehen. Vom Prinzip her stehen die »überwiegenden Belange des öffentlichen Wohls« gegen die »berechtigten Interessen eines Einzelnen«. Und wer hat entschieden, was wichtiger ist?
Auf alle Fälle enthält der Zeitungsartikel noch zwei weitere Anregungen. Einmal wird eine Abgeordnete zitiert, dass nicht genug Informationen vorlagen und anderseits hat Bürgermeister Felsentramp explizit darauf gedrungen, dass auch wirklich an dem Abend eine Entscheidung gefällt wird. Kann man da

nicht irgendwie ansetzen?

Immer noch Freitag 24. Februar (und die folgenden Tage)

Von allen Seiten stürmen Nachrichten, Meinungen und Informationen auch mich ein. Egal wohin ich auch gehe, ich werde auf die unselige Abstimmung der Stadtverordneten angesprochen. Die meisten Leute denken ähnlich wie ich, aber es gibt auch Stimmen, die argumentieren, dass so eine Erdbeerplantage doch etwas Gutes sei. Da haben sie natürlich aus Verbrauchersicht Recht, denke ich und wundere mich gleichzeitig, wie sich doch mein Vokabular in den letzten Wochen verändert hat. Die Worte Verbrauchersicht und Investor gehörten eigentlich nicht in meinen Sprachschatz. Und solche wagen Ausdrücke wie vielleicht, eigentlich, womöglich oder so, sollte man als Schreiberling auch tunlichst vermeiden. Das steht jedenfalls in jedem Handbuch für angehende Autoren. Ich komme aber um solche Unwägbarkeiten nicht mehr herum, muss ich feststellen.
Wie dem auch sei, ich antworte den Befürwortern einer Plantage immer mit dem Einwand, dass er sie doch machen soll, wo er

will, aber nicht im Wald. Meist habe ich Glück und das nimmt ihnen den Wind aus den Segeln. Wenn ich ehrlich bin, verspüre ich auch keine große Lust mich in endlose Diskussionen verwickeln zu lassen. Ich zermartere mir den Kopf, was man tun kann, um zu retten was noch zu retten ist.

Zum Zeitunglesen habe ich ebenfalls keine rechte Lust mehr. Da stehen solche Sachen wie: *"Die Vorwürfe in der hitzig und emotional geführten Debatte reichten von der Verschleuderung kommunalen Eigentums ohne finanzielle Notwendigkeit bis hin zu Vetternwirtschaft und Verkauf unter Wert"*. Ich sehe das zwar auch so, aber es bringt mich nicht weiter. Trotzdem quäle ich mich durch die Artikel, die sich um die vermaledeite Entscheidung unserer Stadtverordneten beziehen. Irgendwann stoße ich dann doch auf einen Leserbrief, den ein Bürger der Stadt verfasst hat. Dessen Überschrift lautet: „*Fehlerbehafteter Stich in Wulfenforts Herz mit Erdbeeren im Naherholungswald*". Gleich der zweite Satz lässt mich aufhorchen: *"Den Grundstücksangelegenheiten im nichtöffentlichen Teil gingen mehrere formale Fehler voraus"*. Formale Fehler – genau das ist es! Wenn man den Abgeordneten nicht mit menschlicher Vernunft, dem Wert der Natur und weiteren emotionalen Argumenten kommen kann, dann sollte man sie wohl mit ihren eigenen Waffen schlagen.

Meine Mitstreiter sind auf das gleiche Ergebnis bei ihren Überlegungen gekommen. Bei uns allen ist der erste Schock nun endgültig gewichen und wir sind uns einig, dass wir nicht so schnell kleinbeigeben. In historischen Romanen heißt es oft, Angriff ist die beste Verteidigung. Also durchdenken wir gemeinsam, was zu tun ist. Ich drucke mein Konzept für alle Fraktionen der Stadtverordneten aus und bringe es noch kurz vor Toresschluss in die Stadtverwaltung. Dort gebe ich es am Tresen ab. Auf jedem der Umschläge steht groß und fett die Fraktion, an die es weitergeleitet werden soll. Dummerweise habe ich immer noch nichts gelernt und lasse mir die Abgabe nicht bescheinigen. Als ich Wochen später bei den Abgeordneten nachfrage, erklären sie mir, dass sie nichts bekommen hätten. Wenigstens die Stadtverwaltung bescheinigt mir in einem Schreiben, einige Tage danach den Erhalt meines Briefes.
Außerdem stelle ich noch einmal einen Pachtantrag für die Fläche der ehemaligen Baumschule Heidenholz. Auch dafür gibt es eine Eingangsbestätigung. Die anderen Interessenten an meiner Seite erneuern ihre Kaufanträge. Auch Monate hinterher wird niemand von uns wenigstens einen abschlägigen Bescheid erhalten. Diese Aktion verläuft im Sand.
Ehrlich gesagt, viel Erfolg haben wir uns von dem Schritt auch nicht versprochen. Wir wollten

einfach etwas tun. Unsere andere Maßnahme sollte jedoch mehr bringen, glauben wir. Für formale Fehler ist, so denken wir mit Fug und Recht, die Dienstaufsichtsbeschwerde der Kreisstadt zuständig. Der flattern in den nächsten Tagen gleich etliche Briefe mit ähnlichem Inhalt ins Haus. Bei allen steht als Überschrift: *"Dienstaufsichtsbeschwerde gegen Herrn Felsentramp"*.

Dann kommt folgendes:

"Nach Artikel 17 des Grundgesetzes (GG) (Petitionsrecht) mache ich von meinem Recht gebrauch, gegen Herrn Felsentramp, Bürgermeister der Stadt Wulfenfort, eine Dienstaufsichtsbeschwerde zu führen. Bei der Stadtverordnetenversammlung am 22.02. hat der Bürgermeister in der öffentlichen Fragerunde einer Bürgerin auf Anfrage, ob alle eingereichten Konzepte vollständig vorliegen und ausreichen, um heute eine Entscheidung zu fällen, die Auskunft gegeben, dass den Stadtverordneten alle erforderlichen Unterlagen zur Verfügung stehen, um eine Entscheidung über die ehemalige Baumschule Heidenholz zu treffen. Nach meiner erneuten persönlichen Nachfrage lagen weder mein Konzept noch zwei weitere Kaufanträge der SVV vor. Außerdem lag den Entscheidern das Protokoll der Sitzung des Stadtentwicklungsausschusses vom 07.02. ebenfalls nicht vor. Das bedeutet, dass eine Beschlussfassung aufgrund der nicht vorhandenen Information durch die anwesenden Stadtverordneten

nicht auf Basis aller aktuellen Sachverhältnisse durchgeführt werden konnte. Herr Felsentramp bestand jedoch auf einer zeitnahen Entscheidung, die er durchzusetzen wusste. Dieses Verfahren steht im Widerspruch zur Geschäftsordnung der Stadtverordnetenversammlung Wulfenfort, die auf § 28 Abs. 2, Nr. 2 BbgKV beruht."

Ich bin mächtig stolz auf dieses amtliche Geschreibsel. So etwas habe ich noch nie verfasst. Keine Emotion, nichts mit Gefühl. Nur sachliche Argumente. In meinen Augen liest sich das jedenfalls so, als ob man sofort alles neu verhandeln muss, weil die ganze Sache nicht korrekt über den Tisch gegangen ist. Voller Hoffnung kümmere ich mich jetzt endlich mal wieder um meinen eigenen Kram und schreibe glatt ein ganzes Kapitel für meinen Roman. Allerdings wird diese euphorische Stimmung leider nicht lange anhalten.

Montag 27. Februar

Ich kann nicht aufhören zu grübeln und bekomme nichts anderes mehr auf die Reihe. Ständig kreist mir nur ein Gedanke durch den Kopf. Was kann ich machen, um noch irgendwas zu retten?
Sobald ein Traktor, LKW oder ein anderes großes Fahrzeug in Richtung der alten

Baumschule fährt, springe ich auf und laufe hinterher. Fangen sie schon zu roden an? Was soll ich dann tun? Mich vor den Bagger werfen? Ich habe sowas noch nie gemacht. Und irgendwie bin ich auch nicht so wirklich der militante Revoluzzer. Muss man sich im äußersten Fall an die Bäume ketten? Nackt? Verflixte Phantasie. Beim Romanschreiben ist sie ja echt hilfreich. Aber manchmal gehen die Pferde doch mit mir durch.

Ich glaube, es ist besser, dass ich mich auf das konzentriere, was ich einigermaßen kann, anstatt wilde Pläne zu schmieden. Wem könnte ich alles Schreiben, der vielleicht etwas Einfluss gelten machen könnte? Könnte, könnte. Zweimal in einem Satz, das ist also sehr vage. Allerdings muss ich wohl nach jedem Strohhalm greifen. Ich setze mich also an den Computer und recherchiere. Wer setzt sich für die Belange des Waldes und der Natur ein? Wer hat etwas mit unserem Städtchen zu tun und außerdem noch irgendwelche Autorität, um etwas zu bewegen, mag die auch noch so klein sein?

Mir fällt eine Industriellenfamilie ein, die aus Wulfenfort stammt. Deren Vorfahren hatten hier eine große Fabrik. Daran erinnern sie sich, so wie es aussieht, recht gern, denn sie spenden unserer Stadt hin und wieder ein schönes Sümmchen Geld für soziale Projekte. Also werde ich denen erst einmal eine Mail schreiben, denke

ich mir. Wenn sie Interesse an unserem Ort haben, dann ist ihnen sicher auch nicht gleichgültig was in seinem Umfeld geschieht. Allerdings lässt sich keine Privatadresse finden. Ich bin nicht so gut wie Günther Wallraff und gebe mich daher erst einmal mit der Anschrift einer gemeinnützigen Organisation zufrieden, in der sich das Familienoberhaupt rege engagiert. Meine Hoffnung besteht darin, dass diese Nachricht weiter geleitet wird. Allerdings werde ich dort zweimal hinschreiben müssen ehe ich eine abschlägige Antwort erhalte, die besagt, dass man sich nicht in kommunale Entscheidungen einmischen kann.
Die Mitstreiter sind inzwischen auch nicht untätig. Familie Reiter hat sogar einen Anwalt konsultiert. Ich bin begeistert. Wir fahren richtig große Geschütze auf! Dass auch diese Bemühungen irgendwie ins Leere laufen, können wir da noch nicht wissen. Der junge dynamische Rechtsbeistand scheint ein großes Geschäft zu wittern und will uns in einen zeitaufwändigen Streit verwickeln. Das hilft uns nicht weiter. Wir müssen schnell sein, denn der Verkauf ist von den Stadtverordneten abgesegnet. Wir brauchen etwas handfestes, sonst sind die Bäume gefällt.
Einstweilen tragen wir alle Informationen zusammen, die irgendwie nützlich sein könnten. Nach und nach kommen dabei Sachen ans Tageslicht, über die wir nur mit dem Kopf

schütteln. Die alte Baumschule Heidenholz befindet sich auf einem Gelände, das als Trinkwasserschutzgebiet III ausgewiesen wurde. Das bedeutet, dass der Dünger, der dort ausgebracht wird, zu einem nicht unerheblichen Teil in unserem städtischen Trinkwasser landen wird. (Was der Unteren Wasserbehörde, wie bereits bekannt, egal zu sein scheint.) Leider hat sich bisher keine seltene Tierart auf der Fläche angefunden. Im nahegelegenen Flüsschen findet man immerhin Fischotter, Kammmolch, Groppe, Bachmuschel, Schlammpeitzger, Flussneunauge, Schmale Weidelschnecke. Das hat die Untere Naturschutzbehörde herausgefunden. Allerdings bleiben die nur in ihrem Wasser und wohnen nicht zeitweise auf der Baumschulfläche.

Als Nächstes kommt noch ein richtiger Schlag in die Magengrube. Die Grenze eines FFH-Gebietes führt genau fünfzehn Meter an dem Areal, welches uns am Herzen liegt, vorbei. Ein FFH ist auch so ein Ding, was mir vorher nicht bekannt war. Es handelt sich dabei um ein Flora-Fauna-Habitat. Ist das ausgewiesen, dann fällt es unter eine der Naturschutz-Richtlinien der EU. *"Die Fauna-Flora-Habitat-Richtlinie hat zum Ziel, wildlebende Arten, deren Lebensräume und die europaweite Vernetzung dieser Lebensräume zu sichern und zu schützen. Die Vernetzung dient der Bewahrung, Wiederherstellung und Entwicklung ökologischer Wechselbeziehungen sowie der Förderung natürlicher Ausbreitungs- und Wiederbesiedlungsprozesse"*, heißt es auf der zuständigen Internetseite. Fünfzehn Meter daran vorbei! Wie gemein ist das denn?

Wir finden noch etwas heraus, was uns schwer im Magen liegt. Schon im letzten Jahr gab es eine Geländebegehung mit dem Erdbeermenschen, der Unteren Naturschutzbehörde und der Schutzgemeinschaft Deutscher Wald. Da wurden die Pläne besprochen und niemand hat interveniert.

Wozu hat man eine Naturschutzbehörde, wenn sie sich nicht darum kümmert, dass die Natur erhalten bleibt? Und warum heißt die Schutzgemeinschaft Deutscher Wald, wie sie heißt, wenn sie den Wald nicht schützt? Was geht da im Hintergrund ab?

Inzwischen trudeln auch die Antworten von den verschiedensten Organisationen ein, an die ich mich verzweifelt gewendet habe. Niemand kann uns wirklich helfen. Alle drücken uns die Daumen, bestärken uns in unserem Engagement und wünschen uns viel Kraft und Durchhaltevermögen.

Na toll! Nichts gegen moralische Unterstützung, aber so gewinnen wir keine Schlacht. Uns bleibt nichts weiter übrig als die Suppe am Kochen zu halten und immer wieder an die Öffentlichkeit zu gehen. Wir schreiben Leserbriefe, verteilen Aufkleber und hängen Plakate aus. Eines ist gewiss, wenn wir aus dem Gedächtnis der Leute verschwinden, dann ist unsere Sache verloren. So nach und nach bekomme ich eine leise Ahnung davon, wie sich Don Quichotte gefühlt haben muss.

Dienstag 7. März

In unserer Stadtzeitung erscheint ein bissiger Artikel, der mein Herz schneller schlagen lässt. Unter der Überschrift " *Der Verkauf der alten Baumschule schlägt weiter hohe Wellen ...* " wird unserem Bürgermeister selbstherrliches Agieren und das Aussitzen von Protesten vorgeworfen. Das ist Wasser auf meine Mühlen. Genauso wie die Schlagworte Unmut, fragwürdig, bemängeln und hinters Licht geführt.
Da steht es schwarz auf weiß, was ich so über das ganze Prozedere denke. Jawohl, das sind doch mal klare Worte! Heute kann ich sagen: Größer als meine Euphorie, muss damals wohl nur meine Naivität gewesen sein. Einfach nur mal so die Wahrheit zu sagen, bewirkt heutzutage ziemlich wenig.
Wie dem auch sein, meine Freude erhält ohnehin gleich einen Dämpfer. Das liegt vor allem an einem Brief, den ich noch am selben Tag bekomme. Absender ist der Vorsitzende der

Stadtverordnetenversammlung von Wulfenfort. Dort heißt es so schön, dass man meine Dienstaufsichtsbeschwerde gegen den Bürgermeister erhalten hat und diese an die Stadtverordneten weitergeleitet wird. Selbige *"werden dann darüber entscheiden, wie mit Ihrer Beschwerde zu verfahren ist."*

Ich glaube, ich lese nicht richtig! Wenn ich das mit anderen Worten ausdrücken darf: Ich beschwere mich über das Vorgehen eines Chefs, dass er seine Truppe nicht frei beschließen lässt und ebendiese sollen beurteilen, ob das so war oder nicht? Das ist ja ein dicker Hund, hätte meine Oma gesagt. Jetzt sollen sie selber entscheiden, ob sie richtig entschieden haben? Wenn es nicht so ernst wäre, dann würde ich es glatt für einen Witz halten.

Ich bekomme dann auch noch ein Schreiben vom Landkreis, in dem es heißt, dass meine Dienstaufsichtsbeschwerde auch bei ihnen eingegangen ist. *"Die geschilderten rechtlichen Probleme werden von der Kommunalaufsicht geprüft. Hierzu wird eine Stellungnahme von der Stadt Wulfenfort abgefordert bzw. Unterlagen zur Beschlussfassung."* Nach der rechtlichen Prüfung will man mich informieren.

Da steht rechtlich und nochmals rechtlich. Mein Schreibprogramm für Autoren würde sowas garantiert beanstanden. Aber wahrscheinlich muss dieses Wort mehrmals auftauchen, da mit alles auch wirklich "rechtlich" abläuft. "Recht

haben und Recht bekommen sind zweierlei
Dinge". Das hat mir vor Jahren mal ein Anwalt,
der in einem meiner Kurse war, gesagt. Also
schleichen sich wieder einmal leise Zweifel in
meine Gedanken.

An diesen Spruch muss ich denken, als ich
einige Tage später fast vor Wut platze. Aus der
Zeitung muss ich folgendes erfahren: "*Die
Prüfung der Kommunalaufsicht, die sich mit dem
Zustandekommen des Beschlusses befasst hat, ist
beendet, wie der Landkreis jetzt bestätigte. Das
Ergebnis sei den Stadtverordneten, dem Vorsitzenden
der Stadtverordnetenversammlung und dem
Bürgermeister zugeleitet worden. Zum Ergebnis gab
es noch keine Auskunft, Wie aber aus anderer Quelle
verlautete, sieht die Kommunalaufsicht den Beschluss
als rechtens an.*"

Was ist das? Ich beschwere mich und muss das
Resultat aus der Zeitung entnehmen? Das kann
doch wohl nicht wahr sein! Voller Empörung
rufe ich den Landkreis an. Dort habe ich nur eine
arme Sachbearbeiterin am Telefon. Und die
bekommt den ganzen Frust ab. Im Nachhinein
tut es mir richtig leid, dass ich sie so angefahren
habe. Aber an diesem Tag kann ich nicht anders.
Später telefoniere ich dann doch noch mit ihrem
Chef. Unser Gespräch dauert fast eine Stunde.
Ich denke inzwischen auch wieder klarer und
besinne mich auf meine gute Kinderstube. Daher
gestaltet sich unsere Unterhaltung auch ziemlich

entspannt. Im Grundtenor höre ich allerdings das Folgende heraus: "Rechtlich war alles in Ordnung, menschlich ist es nicht zu verstehen." Das solle mich vielleicht trösten, aber es hilft mir kein Stück weiter.
Am nächsten Tag lese ich es dann auch schwarz auf weiß. Der Landkreis schreibt mir: "Die von Ihnen gestellten Fragen beziehen sich auf den nichtöffentlichen Teil der Sitzung der Stadtverordneten. Dazu darf ich keine Auskünfte erteilen, da diesem dem Gebot der Verschwiegenheit unterliegen. Als Ergebnis der Prüfung kann ich Ihnen mitteilen, dass aus Sicht der Kommunalaufsicht der Beschluss zur Veräußerung des Grundstückes der ehemaligen Baumschule in Wulfenfort mehrheitlich und rechtmäßig gefasst wurde. Ein Einschreiten der Kommunalaufsicht erfolgt somit nicht."
Obwohl mir diese Entscheidung bekannt war, hinterlässt sie einen bitteren Geschmack im Mund. Es interessiert also überhaupt nicht, dass nicht alle Informationen vorlagen und das Gelände zudem noch unter Wert verkauft werden soll! Was hinter geschlossenen Türen geschieht, das geht mich als Bürger nichts an! Am liebsten würde ich diesen blöden Brief in tausend Stücke zerreißen. Aber ich beherrsche mich und hefte ihn ab. Der Ordner, auf dem Heidenholz steht, wird immer dicker.

Freitag 10. März

Ich verstehe die Welt nicht mehr. Irgendwie hatte ich trotz allem gedacht, dass eine Aufsichtsbehörde die Aufgabe hat, Vorgänge, die nicht sauber abgelaufen sind, zu untersuchen und bei Bedarf einzugreifen. Oder sehe ich das Ganze falsch? Der Zweifel nagt an mir. War alles rechtens und ich mache sinnlose Wellen?
In diese Stimmung trifft mich ein Brief vom Vorsitzenden der Stadtverordnetenversammlung. Natürlich steht darin, dass meine Dienstaufsichtsbeschwerde abgeschmettert ist. Ich hatte auch nichts anderes erwartet, schließlich kam dieser Bescheid ja schon vom Landkreis. Meine Oma hat immer gesagt: "Eine Krähe hackt, der anderen kein Auge aus". Ich finde denn Spruch ziemlich gemein, jedenfalls den Krähen gegenüber.
Bevor ich mich vollends meinen trüben Gedanken hingebe, schalte ich den Computer ein, um endlich mal wieder etwas zu schreiben. Bei der Recherche zu Informationen zu meinem aktuellen Projekt stoße ich auf eine Internetseite, auf der in großen Lettern prangt: "Nur die Sache ist verloren, die man aufgibt". Na toll, dass passt ja voll zum Thema. Warum muss sich Lessing nun hier auch noch einmischen? Oder war es gar nicht Lessing? Komisch. Dieser Satz wird

ebenfalls einem gewissen Ernst Freiherr von Feuchtersleben zugeschrieben. Was stimmt denn nun? Es ist wahrlich nicht narrensicher mit der Wahrheit.

Gleichwohl geht mir dieser Ausspruch nicht aus dem Kopf. War das ein Wink mit dem berüchtigten Zaunpfahl? Soll ich jetzt doch nicht einfach aufgeben und mich trotzdem in eine scheinbar aussichtslose Sache stürzen? In einem meiner Romane hätte sich meine Heldin garantiert gefragt: "Was will das Universum mir damit sagen?". Dummerweise ist das hier das reale Leben. Dennoch komme ich nicht umhin, mir heimlich diese Frage zu stellen.

Und schon beginnt mein Gedankenkarussell, wieder Fahrt aufzunehmen. An wen kann man sich eigentlich wenden, wenn man mit der Arbeit der Kreisverwaltung nicht einverstanden ist? Über dem Kreis kommt das Land. Also müsste man sich doch irgendwo beim Landtag beschweren können. Meine Romanrecherche ist vergessen, ich durchsuche die Seiten des Brandenburger Landtages. Da finde ich nichts was nach einer Aufsichtsbehörde klingt. Aber ich freue mich, dass unter dem Willkommen für uns Bürger auch ein sorbischer Satz steht. "Witajśo do parlamenta". Das tut zwar nichts zur eigentlichen Sache, aber ich finde es gut, dass man daran denkt, dass wir hier auch eine slawische Minderheit in Brandenburg haben. Während ich noch über die Sorben im

Allgemeinen und meine Besuche im Spreewald nachdenke, erblicke ich einen Eintrag der "Informationstresen" lautet. Na, das ist doch was! An diesem Tresen werde ich mich gleich mal informieren, wie der Landtag mir helfen würde, damit ich den Wald retten kann. Sofort rufe ich an und habe auch eine nette Dame am Telefon. Die hört sich meine ganze Geschichte an und empfiehlt mir, mich an den Petitionsausschuss zu wenden. Dummerweise finde ich den nicht auf Anhieb, denn ich gebe in die Suchfunktion Pedition ein. Das ist wohl meiner sächsischen Herkunft geschuldet. Also das Wort heißt in echt PETITION. Und irgendwann entdecke ich dann auch die passende Internetseite.

So schreibe ich dann in das Formular die erste Petition meines Lebens. Es klappt tatsächlich und wenige Tage später bekomme ich einen Brief vom Landtag, indem man mir mitteilt, dass sie eingegangen ist. Ich bekomme eine Petitionsnummer und erhalte unter anderem auch diese Information.

Der Petitionsausschuss wird ihr Anliegen im Rahmen seiner Möglichkeiten und Befugnisse prüfen. Dazu ist es notwendig, von der zuständigen Behörde eine Stellungnahme einzuholen. Ich bitte Sie, die dazu erforderliche Zeit zu berücksichtigen und von Anfragen vorerst abzusehen.

Natürlich ist mir klar, dass man in Potsdam noch

andere Sachen zu tun hat, als sich mit einer Bürgerin, die mit der Vorgehensweise des Bürgermeisters im kleinen Ort Wulfenfort nicht einverstanden ist, zu beschäftigen. Dass ich allerdings auch fast ein halbes Jahr später nur einen kurzen Zwischenbescheid in den Händen halten werde, das kann ich wieder mal nicht ahnen. Ja was denken die sich denn da, wie lange es braucht, 10 Hektar kahlzuschlagen und umzuackern?

In diesem ersten Schreiben vom Petitionsausschuss, so fällt mir auf, steht in jedem zweiten Satz das Wort Petitionsausschuss. Gut, dass meine alte Deutschlehrerin noch lebt, überlege ich mir. Sie würde sich sonst sicher im Grabe umdrehen. Das Amtsdeutsch ist schon eine ganz eigene Sprache. Aber ich nehme mir keine Zeit, um länger darüber nachzudenken. Ich entdecke einen Abgeordneten aus unserem Landkreis, den ich mit meinen Problemen belästige. Zum Glück habe ich mir inzwischen eine Word-Datei gebastelt, aus der ich den Text nur noch kopieren muss. Wenn ich das jedes Mal alles neu tippen müsste, dann wäre ich Tag und Nacht beschäftigt. Und ziemlich sinnlos ist das in manchen Fällen auch noch, denn von diesem, meinem Abgeordneten werde ich niemals eine Antwort bekommen.

Freitag 10. März

Ich überlege, telefoniere und maile. Irgendwas muss doch noch zu machen sein! Meine Einstellung, dass alles verloren ist, hat sich in ein verbissenes "so einfach nicht" verwandelt. Also sitze ich den ganzen Tag am Computer und suche nach Leuten, die mir helfen könnten, das Ruder in letzter Sekunde noch herumzureißen. Außerdem spaziere ich täglich um besagte Fläche. Nicht das die schon mit dem Roden anfangen! Was für eine Horrorvorstellung. Ich will mich nicht an einen Baum ketten müssen! Es ist März und noch ziemlich kalt. Nackt fällt dann schon mal sowieso aus, gestehe ich mir kichernd ein.
Also recherchiere ich weiter. Manche Sachen lassen mich stutzen. Wenn ich gerade Mal wieder in so einem Telefonmarathon bin, passiert es, dass auf einmal alle Nummern, die ich vom Festnetz aus wähle, besetzt sind. Komisch? Sitzt da jemand auf meiner Leitung? Ich attestiere mir Verfolgungswahn und probiere es vom Handy aus. Ich bekomme ebenfalls nur Besetztzeichen zu hören. Zufall? Sabotage? Ich versuche mich mit dem Gedanken zu beruhigen, dass ich vielleicht doch nicht so wichtig bin, wie ich es mir einbilde.
Wenn ich nicht telefonieren kann, dann

recherchiere ich weiter. Wenigstens geht das Internet noch, denke ich bei mir. Irgendwann lande ich dann auf der Seite des Ministeriums für Ländliche Entwicklung, Umwelt und Landwirtschaft.

Mein Plan ist, einen Menschen zu erreichen, der mir weiterhelfen könnte. Kein Besetztzeichen, aber es geht auch niemand ans Telefon. Ich probiere es beim Nächsten und beim Nächsten und so weiter. Nichts. Sitzt denn im ganzen Haus keine einzige Person am Schreibtisch? Das kann doch nicht sein! Na gut, wenn sie es denn so haben wollen, dann rufe ich eben den Minister an!

Tatsächlich hebt da dann gleich jemand den Hörer ab. Ich bin begeistert. Dieses Entzücken steigert sich sogar noch. Die Dame am anderen Ende der Leitung ist die Sekretärin vom Minister und nimmt sich wirklich Zeit für mich. Ich kann also die ganze Geschichte von vorn bis hinten erzählen. Dabei bekomme ich das Gefühl, dass sie sich wirklich dafür interessiert und nicht nur so tut. Dass ich damit richtig liege, erfahre ich, als sie meint ich solle ihr doch mal alle vorhandenen Informationen zumailen. Außerdem sagt sie mir, an wem ich mich im Ministerium wenden soll, damit es Sinn macht. Wow, damit hätte ich nicht gerechnet. Ich durfte nicht nur lang und breit mein Herz ausschütten, sondern erlange vielleicht auch noch Unterstützung von ganz oben. Frohen Mutes

bedanke ich mich überschwänglich.
Das war diesmal wohl ein Treffer ins Schwarze, denke ich mir. Aber die Personen im Amt, an die ich mich dann direkt wende, die meinen, sie wären dafür nicht zuständig und verweisen mich weiter. So werde ich dann von einer Abteilung zur anderen durchgereicht. War das schon wieder eine Sackgasse und ich habe mich zu früh gefreut?
Ich kann zu diesem Zeitpunkt noch nicht ahnen, dass ich mit meinem Anruf im Ministerium doch mehr bewirke, als es im ersten Moment aussieht. Hinter meinem Rücken beginnt sich dadurch etwas zu bewegen, was die ganze Sache in einem anderen Licht erscheinen lassen wird.

Frust und Hoffnung

Montag 13. März

Ohne, dass es mir tatsächlich bewusst wird, beginnen just zu dieser Zeit im Hintergrund die Mühlen zu mahlen, die das Rad vielleicht doch noch zu unseren Gunsten drehen können. Ich habe da tatsächlich mal etwas an geschubst, was der ganzen Sache einen anderen Touch verleihen wird.
Aber das weiß ich zu dieser Zeit noch nicht, sondern ich habe indes schon wieder einen neuen Plan. Da ich in meinem sehr abwechslungsreichen Arbeitsleben auch irgendwann gelernt habe, wie man Internetseiten programmiert, setze ich mich an den Rechner und bastle eine Informationsseite. Dort trage ich alles Material zusammen was ich zum Thema finden kann. Ganz egal ob positiv oder negativ für unsere Sache. Ich bemühe mich um relative Objektivität, denn ich will ja informieren und nicht gleich verurteilen. Zugegeben, dass fällt mir schon etwas schwer, aber ich nehme es mir vor.
Inzwischen trudelt auch Post von den

Baumfreunden Emmerich ein. An die hatte ich mich, als im Zuge meiner Verzweiflung Hilferufe in alle vier Winde geschickt habe, gewendet. Was sie schreiben, beweist wieder einmal, dass wir hier in unserem Wulfenfort beileibe kein Einzelfall sind.
Dort steht:
Solche Machenschaften, wenn auch nicht so massiv, seitens der Stadtverwaltung mit dem Bürgermeister an der Spitze, kennen wir hier auch.
Unser Rat lautet: Sprechen Sie mit einem Rechtsanwalt, und lassen sich beraten, ob es noch möglich ist, den Ratsbeschluss für den ominösen Verkauf der alten Baumschule mittels eines Bürgerbegehrens / Bürgerentscheides zu Fall zu bringen. Das ist allerdings mit dem Sammeln von Unterschriften verbunden.
Die Adresse eines mit solchen Dingen bewanderten Anwaltes können Sie bei der Organisation "Mehr Demokratie" – einfach mal "Googeln" – in Erfahrung bringen.
Bei uns hat diese Methode geholfen, wenn auch erst ein Kompromiss beim Verwaltungsgericht in Düsseldorf gefunden werden konnte. Wir haben übrigens die Adresse unseres Anwaltes ebenfalls von "Mehr Demokratie" erhalten.
Die Dienstaufsichtsbeschwerden müssen Sie persönlich abgeben und sich den Empfang bestätigen lassen oder per Einschreiben mit Rückschein dort hinschicken. Sonst wird einfach behauptet, die

Beschwerden nie erhalten zu haben.

Übrigens, das stärkste Argument Ihrerseits ist, wenn es denn stimmt, dass es ein höheres Kaufpreisangebot gegeben hat. Dieses Argument können Sie immer mit Erfolg auf dem Rechtsweg nutzen. Beim Geld anzusetzen, hat leider immer die größten Aussichten auf Erfolg.

Die Presse immer wieder mit einzubeziehen, hat meistens auch eine gewisse Erfolgsaussicht.

Ich wünsche Ihnen viel Erfolg und bleiben Sie auf jeden Fall hartnäckig.

Solche Worte tun schon erst einmal gut. Nicht jeder, den ich angeschrieben habe, hat auch geantwortet. Leider hat die Sache mit dem Rechtsanwalt und auch der Dienstaufsichtsbeschwerde ja bei uns nichts gebracht. Aber immerhin gibt es Leute, die etwas bewirkt haben. Das macht mir neuen Mut. Ich entdecke außerdem einen Artikel in der Online-Ausgabe unserer Stadtzeitung, der den Bürgermeister ziemlich unter Beschuss nimmt. Seit einigen Tagen kann man dort solche Sachen lesen wie: "*Diesmal hat es der Wulfenforter Bürgermeister Felsentramp wohl übertrieben: Sein selbstherrliches Agieren beim Verkauf der ehemaligen Baumschule im Heidenholz hat zahlreiche Bürgerinnen und Bürger in Rage versetzt. Anwohner, weitere an einer naturnahen Weiternutzung des betreffenden Geländes interessierte Einwohner und nicht berücksichtigte andere Bieter für das Areal blasen zum Sturm. Die altbekannte Taktik Felsentramps – das Aussitzen von*

Protesten – wird in diesem Fall wohl kaum funktionieren." Es folgen noch einige andere saftige, aber durchaus begründete Vorwürfe. So offen kenne ich unsere Medien sonst gar nicht. Fast könnte mir der Bürgermeister ein bisschen leidtun. Aber dieses Gefühl wird schnell verfliegen.

Dienstag 14. März

Gestern noch hatte ich tatsächlich etwas Mitleid mit unserem Bürgermeister. Warum und wieso hat er sich denn nur in diese Situation hineinmanövriert? Ich kann mir gar nicht vorstellen, dass er gewusst hat, was er da anrichtet und was für eine Lawine er lostritt, der Arme.
Ha! Der Arme? Meine philanthropische Neigung verlässt mich sofort am nächsten Tag. Auf der Internetseite unserer Stadt wird ein Artikel veröffentlicht, der die Überschrift trägt: Stellungnahme des Bürgermeisters zu den Vorwürfen aus Veröffentlichungen.
Das Ganze ist als Leserbrief abgefasst, indem sich Herr Felsentramp vehement gegen die öffentlichen Vorwürfe verteidigt. Er hat niemanden hinter das Licht geführt, keine kommunalrechtlichen Bestimmungen

ausgehebelt und der Gleichen. Ich kommentiere diese Worte schon beim Lesen mit empörten Bemerkungen. Wenn es heißt, dass alle Unterlagen vorliegen und sie das dann doch nicht tun, dann ist das doch nicht korrekt.
Dann wirft er einigen kritischen Abgeordneten auch noch Lügen vor. Ich brubble vor mich hin, dass ich den, der der lügt wohl kenne. Das Schreiben geht in diesem Ton weiter und auch mein letzter Rest Mitleid mit dem Bürgermeister verfliegt. Er beklagt sich, dass Informationen aus dem nichtöffentlichen Teil nach außen gedrungen sind und die Verschwiegenheitspflicht verletzt wurde. Arrgh. Da ist es wieder einer meiner neuen Lieblingsbegriffe: nichtöffentlich. Ich kann kaum beschreiben, was dieses Wort in mir auslöst! Unter den Leuten, die sich gegen den Verkauf der Baumschule Heidenholz engagieren, gilt es inzwischen als "Running Gag", diesen Ausdruck zu verwenden. Wenn der Hintergrund nicht so deprimierend wäre, dann könnte man es glatt lustig finden. Aber mir bleibt dabei das Lachen irgendwie im Halse stecken.
Jedoch zurück zur Stellungnahme des Bürgermeisters. Er unterstellt einigen der ehrenamtlichen Stadtverordneten, sie würden mit dem Thema Wahlkampf betreiben. Bei diesem Satz fällt mir doch wahrhaftig erst ein, dass wir im September nicht nur für den Bundestag, sondern auch einen neuen

Bürgermeister wählen. Ich bin halt politisch doch ein ziemlicher Blindgänger, muss ich wieder einmal eingestehen. Ist da was dran? Ist das Heidenholz ein potentielles Wahlkampfthema? Und will Felsentramp auch nach 27 Jahren Amtszeit noch einmal antreten? Ich wusste gar nicht, dass er wirklich so lange Bürgermeister war. Irgendwie habe ich gedacht, dass das eher so eine rhetorische Sache war, wenn man über seinen langen Vorsitz sprach. Und wenn er nicht mehr kandidiert, warum verschafft er sich dann so einen Abgang? Bevor ich weiter darüber nachgrüble, stolpere ich über den nächsten Satz. Mein kurzzeitiges Mitleid war echt fehl am Platz. Da steht doch tatsächlich, dass er diesem Treiben entgegenwirken will und mittels einer Anzeige bei der Staatsanwaltschaft eine strafrechtliche Prüfung vornehmen lassen wird. Mir fehlt jetzt echt noch das Wort Geheimnisverrat. Schade, dass hätte die Angelegenheit dramatischer gemacht. Aber immerhin: Ein Bürgermeister der seinen eigenen Abgeordneten den Staatsanwalt auf den Hals hetzt. Sowas brillantes hab ich mir in meinen Romanen noch nie ausgedacht. Das Leben ist halt voller Überraschungen. Aber ist die ganze Sache nicht etwas unklug? Eigentlich ermittelt doch eine solche Behörde immer in alle Richtungen. Ob ihm das nicht irgendwie am Ende auf dem Fuß fallen würde? Wenn er das

machen muss, dann ist das so, denke ich mir, zucke mit den Schultern und lese weiter.
Dabei wechsle ich zum Kopfschütteln als Körpersprache. So schreibt er doch tatsächlich, dass er bisher zu allen Vorwürfen in den Sitzungen der Stadtverordnetenversammlung Stellung bezogen hat. Was hat er denn für ein Selbstbild, frage ich mich erstaunt? Ich kann mich an ganz viele Antworten erinnern die entweder "weiß ich nicht" lauteten, den Begriff "nichtöffentlich" enthielten oder auf eine spätere schriftliche Antwort verwiesen. (Manche meiner Mitstreiter warten heute noch drauf.)
Einige Tage später erscheint in einer Regionalzeitung ein Interview mit dem Bürgermeister, welches den gleichen Tenor hat. Da ich weiß, dass der Journalist als Hofberichterstatter aus dem Wulfenforter Rathaus gilt, wundere ich mich nicht darüber. Was mich aber auf die Palme bringt, ist der letzte Absatz dieses Artikels.
Da steht, dass dem konkurrierenden Antragsteller eine benachbarte Fläche angeboten wurde. Also das bin ja in dem Fall ICH. Und das hat man ja auch. Stimmt. Weitergeht es mit der Begründung, dass man beiden Interessenten eine Realisierung ihrer Projekte zu ermöglichen wolle. Also mir und dem Erdbeerfritzen - in freundlicher Nachbarschaft. Soweit so gut. Das Dumme ist nur: Das Projekt, das ich vor Wochen vorgelegt habe, braucht aber zumindest einen

Sozialtrakt um Workshops und dergleichen anzubieten. Die Fläche, die ich bekommen sollte, war reiner Wald. Ohne Strom, Wasser und Abwasser. Was soll ich denn damit? Trotzdem verblödet (keine Ahnung wie ich auf diesen Ausdruck komme) man sich nicht, zu schreiben, dass es dem Interessenten daher lediglich um die Verhinderung einer wirtschaftlichen Nachnutzung der Fläche der ehemaligen Baumschule Heidenholz geht.
Das ist ja wohl die Höhe! So kann man die Sache auch darstellen! Ich bin richtig wütend. Meine feministische Ader beschwert sich außerdem, dass ich eine Interessentin und kein Interessent bin. Vor lauter Ärger vergesse ich glatt, mich zu fragen, ob es denn mit den Stadtverordneten abgesprochen war, noch ein Stück vom Wald zu verkaufen.

Donnerstag 16. März

Wir sind immer noch auf der Suche nach einem Grund, den Verkauf des Heidenholzes zu verhindern. Darum haben wir einen befreundeten Ornithologen gebeten mal nachzuschauen, ob sich dort nicht eventuell gefährdete Vögel finden lassen. Zu unserem Pech ergab diese Recherche 18 verschiedene

Vogelarten, bei nur einer Begehung. Allerdings gehörte keine davon in die Rubrik der streng geschützten Arten oder gar der Rote Liste Brandenburg. Man hat zwar einen Rotmilan kreisen sehen, aber der hatte sich leider noch für keinen Brutplatz bei uns entschieden. Mir kommt kurz der Gedanke, so etwas einfach mal zu behaupten, aber der Trick würde uns auch nicht wirklich weiterhelfen.

Samstag 18. März

Die Affäre schlägt weiter Wellen und das ist gut so. Viele Leute finden gerade am Wochenende mehr Zeit als sonst, um mal die Zeitung etwas ausführlicher zu lesen. Daher freut es mich besonders, als ich einen langen Leserbrief zum Thema im Lokalblatt entdecke. Darin werden alle Sachen, die ich mal so salopp als nicht koscher bezeichnen würde, schön hintereinander aufgelistet. Unser Bürgermeister Felsentramp und die ganze Stadtverwaltung kommen bei dieser Aufzählung nicht so gut weg. Der Text hat Feuer und ich bin wieder einmal frohen Mutes. Dummerweise hält das natürlich wie gehabt nicht ewig an. Inzwischen bin ich Großverbraucher von Nussschokolade geworden. Die Begründung, dass ich das für meine Nerven brauche, stimmt zwar, aber meine

Hüften sehen das ganz anders.

Montag 20. März

Im Heidenholz findet heute eine offizielle Försterwanderung statt. Ich ärgere mich. Montags 14:00 Uhr ist ein Termin, den man ja als Nicht-Rentner problemlos wahrnehmen kann! Wer denkt sich sowas aus? Daher muss ich leider auf den entsprechenden Bericht in der Zeitung zurückgreifen. Schade, denn Dr. Freundlich war auch bei dieser Waldwanderung dabei. Als ich lese, was der gegenüber dem Journalisten geäußert hat, bin ich allerdings wieder einmal platt. Er behauptet doch glatt, dass er an einer Strategie für das gesamte Waldgebiet Heidenholz arbeitet. Hat er doch nicht immer versichert, dass das nicht in sein Arbeitsgebiet fällt. Ich habe ihm das zwar nie abgenommen, aber immerhin hat er es mehrmals so verlauten lassen. Und dann lässt er noch die reizende Bemerkung fallen, in und um Wulfenfort gäbe es ja nicht so viel Wald. Der macht mir Spaß! Warum wird dann ein Stück verkauft? Das erfahre ich nicht, denn der letzte Satz im Artikel lautet: *"Zu den jüngsten Diskussionen um den Verkauf der alten Baumschule nahm er keine Stellung."* Das hätte mich ja auch

gewundert, brumme ich vor mich hin.
Natürlich tauschen wir uns auch untereinander über diesen Zeitungsartikel aus. Alle Mitstreiter finden, dass die Wanderung an einem Montagnachmittag zu veranstalten, entweder ein Missgriff oder ein gewollter Ausschluss der breiten Öffentlichkeit war. Das können wir besser, ist die einhellige Meinung und so blasen wir zur Attacke. Die Idee ist ganz einfach: Wir machen ebenfalls eine Waldwanderung, um die Leute zum Thema Heidenholz aus unserer Sicht zu informieren.

Mittwoch 22. März

Weil keiner von uns an der offiziellen Försterwanderung teilnehmen konnte, haben wir beschlossen, eine eigene Wanderung zu machen. Damit sollen die Bewohner unserer Stadt für das Thema weiter sensibilisiert werden, wie man das heute so schön ausdrückt. Außerdem wollen wir im Gespräch bleiben, denn unsere Angst ist es, dass man die Sache mit dem Heidenholz einfach vergisst. Schließlich hat man in Wulfenfort auch noch andere Probleme, als den Wald zu retten. Daher blasen wir wieder einmal zum Angriff und nutzen die sozialen Medien, um unser Anliegen zu verbreiten. Zum Glück können wir auch die Stadtzeitung und die

Lokalpresse dafür gewinnen, unsere Einladung bekanntzumachen.

Im Vorfeld haben wir ganz schön zu tun und zu überlegen. Wer übernimmt die Führung und erzählt den Leuten etwas? Schließt uns jemand die derzeit eingezäunte Fläche der alten Baumschule auf? Darf man da eigentlich langlaufen? Welche Wege wählen wir im frei zugänglichen Areal? Und auch ganz profane Sachen kommen zur Sprache. Wer backt Kuchen? Tee oder Kaffee? Plastegeschirr? Das wird gleich abgewählt. Bloß keinen Müll im Wald machen. Jeder von uns stellt einige Tassen bereit, es wird schon reichen. Wir sind voller Aktionismus und haben doch etwas Sorge, ob überhaupt jemand kommt.

Das Ergebnis ist überwältigend.

Samstag 25. März

Ganz egal, welche Zeitung Recht hat, die Meldungen im Nachhinein lauten 90 beziehungsweise über 100 Teilnehmer. Wir sind begeistert, dass so viele Leute unserer Einladung gefolgt sind. Darunter findet man auch etliche Stadtverordnete. Einige von ihnen sehen das Areal, über dessen Verkauf sie vor einiger Zeit abgestimmt haben, zu ersten Mal. Ich enthalte mich sicherheitshalber jeden Kommentars, als man mir das erzählt. Sogar Dr. Freundlich hat sich aufgemacht, um sich unter die Menge zu mischen. (Ich hatte ja gesagt, dass wir nochmal zusammen im Wald spazieren gehen.) Sein Erscheinen muss man ihm wohl hoch anrechnen. Schließlich ist er der Stellvertreter des Bürgermeisters, der unsere Aktion sicher nicht toll findet. Vielleicht will er aber auch nur wissen, was wir weiter vorhaben. Ich weiß, dass ich inzwischen leicht unter Paranoia leide, aber die ganze Sache hat mich so misstrauisch gemacht, dass ich schon überall Spitzbüberei wittere. Die meisten der Anwesenden stehen unserem Anliegen, die alte Baumschule Heidenholz für Wulfenfort zu erhalten, positiv gegenüber. Immer wieder taucht die Frage auf, wo man denn unterschreiben könne. Also machen wir eine Unterschriftenliste für Leute, die sich da eintragen wollen. Da kommen doch viele Unterstützer zusammen. Das ist ein gutes Gefühl.

Einige Tage später wird allerdings in der Lokalpresse ein Satz stehen, der sich mir schwer auf die Seele legt. Hier wird das Motto unserer Aktion wie folgt beschrieben: *Ansehen, was beim schon beschlossenen Verkauf der Fläche verlorengeht*. Genau das trifft voll ins Schwarze. Da nützen die vielen Unterschriften, die zustimmenden Worte, wütende Leserbriefe und etliche Unterstützer nicht viel. Wenn nicht ein Wunder geschieht,

können wir hier auf und nieder hüpfen, wie wir wollen. Fakt ist, die Stadtverordneten haben aus Unkenntnis oder warum-auch-immer beschlossen, das Areal zu veräußern. Der Käufer hat vor, aus dem Gelände eine Erdbeerplantage zu machen. Nun kann man nicht einfach hingehen und sagen, dass uns dieser Beschluss nicht passt und sie sollen doch noch einmal zu unseren Gunsten abstimmen. Dummerweise geht das mit der Demokratie nicht so. Das sieht man ja eindeutig am Brexit. Wahrscheinlich würden die Engländer jetzt auch anders abstimmen und doch in der EU bleiben.
Die Zeitung schreibt noch etwas, was meine kurzzeitigen Sympathiegefühle für Dr. Freundlich weiter dämpft. Er nimmt zum Verkauf selbst grundsätzlich keine Stellung, weil das ja nicht in seine Zuständigkeit falle. Aber er lässt verlauten, dass die Vorgänge rund um den Verkauf aufgearbeitet werden müssten. Na da bin ich ja mal gespannt (und warte immer noch darauf). Außerdem würde er an einem Gesamtkonzept für die Nutzung des vollständigen Waldgebietes der Stadt Wulfenfort arbeiten. Dieses würde alles umfassen und nicht nur den kleinen Teil der ehemaligen Baumschule Heidenholz. Grundsätzlich ist da ja nichts dagegen zu sagen. Aber warum redet er nicht mit uns darüber?

Dienstag 28. März

In unserer Stadtzeitung erscheint ein Artikel, der die Überschrift *"Links-Fraktion nahm Akteneinsicht"* trägt. Darin wird berichtet, dass die Wulfenforter Linken sich alle relevanten Unterlagen zum strittigen Verkauf der Baumschule Heidenholz angesehen haben. Weiterhin wird von der Klärung offener Fragen und auch von Meinungsunterschieden zum Gesamtvorgang gesprochen. Und dann taucht natürlich mein Lieblingssatzfragment auf: "Nicht öffentlich darüber reden." Toll, denke ich mir und bin sauer. Wir brauchen hier wohl einen örtlichen Whistleblower. Aber da kann ich sicher lange darauf warten. Wahrscheinlich werde ich nie erfahren, was da hinter geschlossenen Türen so abgeht. Als Krimiautor würde ich vielleicht eine Idee haben, wie man trotz allem an die gewünschten Informationen kommt. Hätte ich mal bloß früher das Genre gewechselt!
Am gleichen Tag taucht im Internet noch ein langer Kommentar zur Stellungnahme unseres Bürgermeisters Felsentramp auf. Der hatte sich ja öffentlich gegen die Vorwürfe, die man ihm so gemacht hat, gewehrt und mit dem Staatsanwalt gedroht, weil doch irgendwer irgendwas verraten hatte. Keine Ahnung, was das gewesen sein sollte, es hat jedenfalls nicht genügt um die Abstimmung über den Verkauf platzen zu

lassen. In dem Schreiben wird noch einmal alles aufgezählt, was wir schon so lange bemängeln. Und natürlich stellt man auch hier die Frage: *"Was hat Felsentramp davon, wenn er so vehement den Verkauf befürwortet?"*
Genau diese Gedanken haben wir schon zig Mal hin und her gewendet. Wir haben uns sogar Rat von einem Anwalt holen wollen. Der hatte aber wohl die Absicht uns in einen langen und nicht so wirklich aussichtsreichen Rechtsstreit zu verwickeln. Wer soll denn das bezahlen? Und mit langfristigen Verfahren ist uns nicht gedient. Bäume sind schnell gefällt. Daher haben wir diese Idee auch ziemlich schnell fallen gelassen. Vielleicht hatten wir auch den falschen Rechtsanwalt angesprochen. Oder wir haben unsere Sache nicht so rübergebracht, wie es der Sache dienlich war. Möglicherweise waren es mehrere Faktoren – es hat halt nicht gepasst. Dann entdecke ich noch einen weiteren Artikel in der Regionalpresse, der mir beim Lesen glattweg einen Schlag in die Magengrube verpasst. Schon allein die Überschrift spricht all unseren Bedenken Hohn: *"Kein Einwand aus Umwelt-Sicht"*. Es wird berichtet, dass der geplante Verkauf der ehemaligen Baumschule Heidenholz schon vor der Abstimmung die Untere Naturschutzbehörde und die Untere Wasserbehörde beschäftigt hätte. Es gäbe zwar kein Umweltgutachten, aber grundsätzlich auch

keine Bedenken. Man hat nur darauf hingewiesen, dass es sich bei dem Gelände um ein Trinkwasserschutzgebiet handele. Daher musste sich der Investor vor seinem Kaufantrag auch mit der Unteren Wasserbehörde in Verbindung setzen. Punkt. Aus. Ende.
Ja sind die denn von allen guten Geistern verlassen? Eine konventionelle Obstplantage im Trinkwasserschutzgebiet und dafür sind keine umweltrelevanten, genehmigungsbedürftigen Sachverhalte erkennbar, wie die Zeitung zudem berichtet.
Wie gerechtfertigt meine Empörung ist, kann ich einige Tage später im Internet nachlesen. Da steht mit fetten Buchstaben: "*EU verklagt Deutschland wegen mangelnden Grundwasserschutzes*". Weiter heißt es: "*Wegen steigender Nitratwerte im Grundwasser muss sich Deutschland dem Europäischen Gerichtshof stellen. Bei einer Verurteilung drohen Geldstrafen in sechsstelliger Höhe.*" *Und später folgt dann noch:* "*Als eine Ursache für die hohen Nitratwerte in Deutschland gelten zu lasche Regeln für den Umgang mit Gülle und Kunstdünger. Nitrat ist für das Pflanzenwachstum von entscheidender Bedeutung*". Man beachte die Formulierung: " zu lasche Regeln". Schöne Grüße an unsere Untere Wasserbehörde!

Donnerstag 30. März

Für eine Auftragsarbeit recherchiere ich nach asiatischen Weisheiten. Ich stolpere über so viele Aussprüche, die zur aktuellen Situation passen, dass es schon kein Zufall mehr sein kann. Konfuzius sagte beispielsweise: "Ein weiser Mann vertraut einem Menschen nicht nur aufgrund seiner Worte." Dumm ist nur, dass man dem, was in der Zeitung steht, oft großes Gewicht beimisst.
Da ich außerhalb des Stadtgebietes von Wulfenfort wohne, erhalte ich leider keine Druck-Exemplare unseres kostenlosen Wochenblattes. Irgendwie haben die Zusteller wohl keine Lust, sich auf den weiten Weg zu machen, um bei mir die regionalen Neuigkeiten in Papierform abzuliefern. So kommt es, dass ich erst einige Tage nach dem Erscheinen auf einen Online-Artikel stoße, der sich mit unserem innerstädtischen Zerwürfnis, wenn man es mal so nennen kann, beschäftigt.
Dort steht als fette Überschrift „*Einige handeln rechtswidrig.*" Aus der Zwischenüberschrift kann der geneigte Leser erfahren, dass sich Wulfenforts Bürgermeister Felsentramp nun weiter gegen Vorwürfe bezüglich des Verkaufs der früheren Baumschule Heidenholz wehrt.
Beim Lesen platzt mir wieder einmal der

Kragen. Wenn man das so liest, dann ist der arme Mann ja völlig zu Unrecht unter Beschuss geraten. Da steht: *„Es wird suggeriert, dass Waldflächen des Naherholungsgebietes im Stadtwald durch Abholzung den Bürgern entzogen werden. Dem ist nicht so, da die zum Verkauf stehende Fläche bisher der Öffentlichkeit aufgrund der wirtschaftlichen Nutzung nicht zugänglich war."* Hallo? Wussten unser Bürgermeister und die Stadtverordneten nicht, dass ein Teil der Fläche öffentlich zugänglich ist? Davon konnten sich vor kurzem die Teilnehmer unserer Wanderung mit eigenen Augen überzeugen. Wollen die echt etwas veräußern und wissen nicht, was sie tun? Auch hier kann Konfuzius etwas dazu sagen: *"Die Vorbedingung für alles wirkliche Wissen ist ein präzises Unterscheidungsvermögen für die Grenze zwischen dem, was man wirklich weiß, und dem, was man bloß meint."*
Was mich aber noch viel mehr ärgert, ist eine andere Formulierung in dem besagten Zeitungsartikel, die mich schon mal auf die Palme gebracht hat: *„Deshalb ist dem konkurrierenden Antragsteller eine benachbarte Fläche angeboten worden, um beiden Interessenten eine Realisierung ihrer Projekte zu ermöglichen. Dies ist jedoch mit der Begründung abgelehnt worden, dass es den Interessenten lediglich um die Verhinderung einer wirtschaftlichen Nachnutzung der ehemaligen Baumschulfläche geht."*
Mit dem Begriff konkurrierender Antragsteller

bin dann ja wohl ich gemeint. Was für eine hässliche Wortkombination! Klingt irgendwie böse und ich muss mich beim Lesen regelrecht schütteln. Soll er doch, seine Erdbeeren pflanzen wo er will – nur nicht an die Stelle, wo seit fast dreißig Jahren Bäume stehen! Als ob es mir darum geht ihm sein Geschäft zu verderben. Ich will doch einfach nur den Wald retten. Das Konzept, welches ich zur Unterstützung für meinen Pachtantrag eingereicht habe, braucht allerdings auch wirklich Sozialgebäude. Wenn dort so etwas wie eine Wald-Akademie entstehen sollte, dann benötigt man Räume, Toiletten, Wasser und Ähnliches. Was man mir als Ausgleichsfläche angeboten hat, ist einfach ein Stück Wald. "Was soll ich denn damit?", habe ich damals gefragt. Und nun bin ich die Böse, die dem armen Investor nicht die Butter auf dem Brot gönnt. Konfuzius kann mich da auch nicht trösten: "Indem man über andere schlecht redet, macht man sich selber nicht besser." Ich lasse den Kopf hängen und bin ziemlich niedergeschmettert. Sehen mich die Leute so? Als einen Neidhammel, der scheel auf die Erfolge anderer blickt?

Irgendwie kann ich den Versuch unseres Bürgermeisters, die Sache aus seiner Sicht darzustellen, schon verstehen. Und wie ich das so denke, ärgere ich mich auch gleich darüber. Woher kommt nur dieses blöde Verständnis für

Leute, die sich nicht einen Deut darum scheren, was sie unserem Wald antun werden? Fakt ist: Ich darf jetzt nicht weich werden und einknicken.
Wenn das alles nicht so an den Nerven zerren würde! Am liebsten würde ich allen Stadtverordneten mal per Mail ein weiteres Konfuzius-Zitat schicken: "Wer einen Fehler gemacht hat und ihn nicht korrigiert, begeht einen zweiten."

Freitag 31.März

Wenn ich so meine Tagebuchaufzeichnungen durchblättere, dann mag ich mich selber nicht leiden. Meist jammere ich rum. So bin ich doch eigentlich gar nicht! Oder doch?
Zumindest sind alle Bemühungen, den Wald zu retten, bisher ins Leere gegangen. Ich habe unzählige Mails von Leuten, die mich glauben machen wollen, dass alle Vorgänge rechtens gewesen wären. Ich kann das nicht nachvollziehen. Es macht mich wütend und traurig. Dann gibt es dann noch die Post von verschiedenen Organisationen und Verbänden, die sagen, dass sie keine Möglichkeit zur Hilfe sehen und alles Gute wünschen. Wünsche bekomme ich wirklich viele. Für Kraft, fürs Durchhalten, für einen langen Atem. Einmal

wird in einem Schreiben der Vorschlag gemacht, dass wir eine Menschenkette um den Wald bilden könnten. Das fand ich sehr süß. So eine Aktion schafft natürlich Aufsehen, aber leider nur für den Moment. Die Zeit ist es selbst, die gegen den Wald spielt. Schon jetzt sprechen mich die Leute an und denken, dass alles entschieden ist und man nichts mehr ändern kann. Wenn sie sich an den Gedanken gewöhnen, das Interesse verlieren und sich nur noch um ihren Kleinkram kümmern, dann stehen wir hier auf ziemlich verlorenen Posten. Am Schlimmsten finde ich die Diskussionen, die damit beginnen oder enden, dass man ja sowieso nichts ändern kann. "Die da oben", machen ja sowieso was sie wollen. Da könnte ich vor Wut platzen. Wer sind denn "die da oben" bei unseren Stadtverordneten? Die haben wir doch erst gewählt! In der Hoffnung, dass sie unsere Interessen vertreten. Hin wie her, meine Laune wird nicht besser. Ich fühle mich gestresst, unausgeglichen und habe zu nichts Lust. Der ewige Kampf gegen die Windmühlen schlaucht mich echt.

Dazu kommt noch, dass auf einmal die Gerüchteküche wieder zu brodeln beginnt. In der Stadt heißt es, dass der Erdbeermensch aufgeben wolle. Das ist leider nur ein kurzer Hoffnungsschimmer. Hier war möglicherweise der Wunsch der Vater des Gedanken. Meine kurze Euphorie verschwindet und weicht wieder diesem dumpfen Bekümmertsein.

Montag 3. April

Ich muss mich schon selber loben, weil ich nicht die Beherrschung verliere als ich einige Tage später einen kleinen Artikel in der Zeitung entdecke, in dem steht, dass jetzt ein Beirat für das Heidenholz unter Leitung von Herrn Dr. Freundlich gebildet werden soll. Mitwirken sollen: der Tourismusverband, die Naturschutzstation, der Anglerverband, der Jagdverband, die Wasserbehörde und weitere. Alles Leute, die keinen Finger dafür krumm gemacht haben, dass unser Wald als Ganzes erhalten bleibt. Ich kann mich da nur noch in Sarkasmus retten: Wollen sie den Rest verwalten oder auch noch verscheuern?

Mittwoch 5. April

Gestern hat der Stadtentwicklungsausschuss getagt. Leider konnte ich diesmal nicht an der öffentlichen Sitzung teilnehmen, weil ich bereits einen anderen Termin hatte, der nicht zu verschieben war. Daher kann ich mir nur erzählen lassen, was da passiert ist. Das Thema des Tages drehte sich um den Bau von Straßen und Wegen. Es wurde unter anderem die Frage gestellt, wie denn die Besucher zur Erdbeerpflückplantage kommen sollen. Auf denselben Wegen wie die Kinder, wenn sie im Sommer ins Schwimmbad fahren? Womöglich ist es kleinlich, auf solchen Sachen herumzureiten, aber man muss nach jedem Strohhalm greifen, wenn einem das Wasser bis zum Hals steht. Im Moment sieht es ganz so aus, als ob die Kommunalaufsicht nicht die geringste Lust hat, das Abstimmungsverfahren über den Verkauf irgendwie in Zweifel zu ziehen. Wahrscheinlich lachen die sich hinter unserem Rücken ins Fäustchen, weil so ein paar Bürger glauben, sie könnten erreichen, dass die ganze Sache aufgrund der fehlenden Informationen nochmals auf den Tisch kommt.

Ansonsten war wohl alles wie immer. Herr Fersenbein hat versucht, alle Fragen abzuwiegeln, Dr. Freundlich hat viel geredet und nichts gesagt und wenn Familie Reiter auf einer konkreten Antwort bestand, dann hat man sie informiert, dass sie eine schriftliche Antwort bekämen. Aber immerhin haben die uns wohlgesonnen Stadtverordneten durchgedrückt, dass in dem ominösen Beirat, der sich um die Entwicklung des Heidenholzes kümmern soll, auch Vertreter unserer Initiative aufgenommen werden sollen.

In der Wulfenforter Stadtzeitung heißt es dazu:
"Den Antragstellern ist es besonders wichtig, auch die einfachen Bürgerinnen und Bürger, die ja schließlich die Hauptnutzer des Heidenholzes als Naherholungsgebiet sind, sowie Vereine und Initiativen an der Konzepterstellung und deren späteren Umsetzung zu beteiligen. Die Einwohner und Einwohnerinnen der Stadt sind ja auch die eigentlichen Eigentümer des Stadtwaldes."
Na immerhin etwas, denke ich deprimiert. Ich kann ja noch nicht wissen, was ich am nächsten Tag in meinem Briefkasten finden werde.

Freitag 7.April

In meinem Briefkasten steckt ein Brief vom Ministerium für ländliche Entwicklung, Umwelt und Landwirtschaft. Ich bin ganz aufgeregt und stelle fest, dass meine Hände zittern, als ich den Umschlag aufreiße. Drei Seiten entdecke ich. Zwei davon mit Text und eine mit einer Luftaufnahme.
Was dann kommt, muss ich zweimal lesen. Da steht doch tatsächlich *"ergibt sich nunmehr ein differenzierteres Bild"*. Ich will kurz nachdenken, bevor ich mich weiter in den Text vertiefe. Das heißt dann doch wohl, dass die Sache irgendwie anders aussieht als vorher.
Und tatsächlich, im Originaltext geht es so

weiter. "*Auf dem anderen Teil der ehemaligen Baumschule sind die Pflanzen aufgrund der aufgegebenen Nutzung in einen Waldbestand übergegangen (durchgewachsen). Für diesen Teil wird durch die untere Forstbehörde nunmehr die Waldeigenschaft festgestellt. Die untere Forstbehörde wird den Eigentümer, die Stadt Wulfenfort, über die bestehende Waldeigenschaft für einen Teil der ehemaligen Baumschule informieren.*
In beigefügter Anlage sind die Waldflächen rot und die Nichtwaldflächen blau umrandet dargestellt. Die ehemalige Baumschule Heidenholz befindet sich in der Schutzzone III des Wasserschutzgebietes Wulfenfort (Verordnung zur Festsetzung des Wasserschutzgebietes). Zur rechtlichen Einordnung habe ich die oberste Wasserbehörde im Haus beteiligt. Zuständig für den Vollzug der o. g. Verordnung ist der Landkreis als untere Wasserbehörde. Bei diesem wurde im Mai 2016 eine Befreiung von den Verboten des Errichtens oder Erweiterns von Gartenbaubetrieben und des gewerblichen Gemüse- und Obstanbaus sowie die Errichtung eines Brunnens beantragt. Der Landkreis erteilte eine Befreiung, welche u. a. Nebenbestimmungen zur Düngung und zum Einsatz von Pflanzenschutzmitteln enthält. Der Landkreis (als untere Wasserbehörde und untere Naturschutzbehörde) ist bei dieser Entscheidung davon ausgegangen, dass es sich bei der beantragten Fläche zum Zeitpunkt der Antragstellung nicht um Wald handelt.

Da für Teile der ehemaligen Baumschule die Waldeigenschaft festgestellt wurde, ist der Antrag durch den Landkreis zu prüfen, denn die Umwandlung von Wald in eine andere Nutzungsart ist im Wasserschutzgebiet verboten."

Ja! Klasse! Spitze! Wenn das neudeutsche Wort geil zu meinem Sprachgebrauch gehören würde, dann fände es hier ebenfalls Anwendung. Hier steht es schwarz auf weiß: Der Wald ist Wald und kann nicht einfach so abgeholzt werden! Ich bin hin und weg und könnte vor Freude laut singen. Sofort informiere ich die anderen Mitstreiter. Das sieht doch echt nach einem Sieg aus!

Ich kann in meiner Euphorie nicht ahnen, dass es nun zwar einen Lichtstreif am Horizont gibt, aber die Sache noch lange nicht in trockenen Tüchern ist. Der alte Goethe hatte wieder einmal Recht, als er sagte: "Glaube nur, du hast viel getan, wenn du dir Geduld gewöhnest an."

Einige Tage später telefoniere ich mit jemand aus dem Ministerium, weil ich inzwischen von Haus aus misstrauisch geworden bin. Ich will noch einmal ganz sicher gehen, dass ich alles richtig verstanden habe. Man weiß ja nie bei dem Amtsdeutsch, denke ich mir. Und ja, ich gebe es, zu mein Glaube an das Gute im Menschen, ist doch ziemlich erschüttert. Noch schlimmer sieht es aus, wenn ich über Vernunft und die Verantwortung der Natur gegenüber nachdenke. Der Ministeriumsmitarbeiter sagt

mir, ohne es zu beschönigen: "Frau Schreiber, ruhen sie sich auf diesem Brief nicht aus. Ich kann ihnen aus Erfahrung berichten, dass es für fast alle Sachen irgendwo noch eine Möglichkeit gibt, sie schlussendlich durchzudrücken. Seien sie wachsam!"
Na toll! Hat das denn niemals ein Ende?

Samstag 8. April

Der von mir heimlich erwartete, nein erhoffte, "Sturm der Empörung" bleibt also aus. Na ja, was hatte ich mir denn da wieder eingebildet? In der Stadtverwaltung tut man so, als hätte es nie einen Brief vom Ministerium gegeben. Die Presse berichtet zwar ausführlich, aber es gibt keine Reaktion von offizieller Seite darauf. Wenigsten ein Trostpflaster gibt es. In der Wulfenforter Stadtzeitung kann man folgendes Lesen: *"Der Widerstand von Bürgerinnen und Bürgern gegen die Umwandlung der ehemaligen Baumschule im Heidenholz zieht immer weitere Kreise. An immer mehr Stellen in der Stadt sind die Plakate „ProHeidenholz" zu finden."*
Trotzdem, aus dem Rathaus kommt kein Ton. Nichts, reineweg gar nix. Wie kann man nur so ignorant sein? Die sitzen die ganze Sache einfach aus! Stattdessen beschäftigt man sich mit dem

INSEK und versucht so den Eindruck zu schaffen, dass man die Bürger mit bei den Entscheidungen rund um Wulfenfort einbeziehen will. Insek hat nichts mit Insekten zu tun. In der offiziellen Beschreibung des Ministerium für Infrastruktur und Landesplanung wird es so erläutert: "*Integrierte Stadtentwicklungskonzepte (INSEK), sind in vielen brandenburgischen Kommunen zentrale, die formelle Bauleitplanung ergänzende, Planwerke. Integrierte Stadtentwicklungskonzepte dienen bei der Zielfindung der Stadtentwicklung und sollen auf kommunaler Ebene vorhandene Planungsvorstellungen und (sektorale) Konzepte bündeln, ggf. punktuell ergänzen und damit einen Beitrag leisten zur Vereinfachung und Transparenz der derzeit in den Brandenburger Städten vorzufindenden Planungsgrundlagen.*"
Auf einer öffentlichen Versammlung zu diesem Thema wird eine Untersuchung vorgestellt. Es dauert eine Weile, bis wir begreifen was uns da erzählt wird. Man hat 100, in Worten einhundert Fragebögen an ausgewählte Bürger Wulfenforts verschickt. Davon haben 30, ebenfalls in Worten dreißig, geantwortet und dieses wurde ausgewertet. Das Ergebnis präsentiert man uns in einem Vortrag. Zum Glück können wir rechnen und wissen auch, wie viel Einwohner unser Städtchen hat. Als sich einer meiner Mitstreiter mit dem Einwand meldet, dass die ausgewerteten Angaben doch wohl nicht

maßgebend für die Masse der Bevölkerung sein
können, bekommt er eine Antwort, die uns alle
verblüfft. Die Auswertung sei nicht relevant.
Wir schauen uns entgeistert an – warum macht
man denn so eine Studie? Und bezahlt auch
noch einen Haufen Geld dafür?
Je mehr ich mich mit den Problematiken, die
unser kleines Städtchen betreffen, befasse, desto
verwunderter bin ich. Für meine Begriffe sind
manche Sachen ziemlich unlogisch. In einem
Buch würde man sagen, die Handlung ist an den
Haaren herbeigezogen. Dummerweise ist das
Leben kein Roman. Wenn ich die Geschichte
über das Heidenholz schreiben würde, dann
würde ich auf alle Fälle die Handlung
beschleunigen. Es zieht sich einfach zu lange
hin! Der Handlungsstrang lässt mehr als zu
wünschen übrig. Als Leser hätte ich gemault,
dass nichts passiert und mich fürchterlich
gelangweilt. Da ich aber Teil der Story bin, kann
ich gar nichts tun, um Dynamik in den Ablauf
zu bringen.
Es ist immer das gleiche Spiel. Irgendwo in der
Stadt ist eine öffentliche Veranstaltung und wir
tauchen dort mit unserem Tisch, einem Plakat
und Informationsmaterial auf. Die Leute
stimmen uns im Allgemeinen zu und fragen
gleichzeitig, ob das nun doch nicht schon längst
erledigt wäre. In der Zeitung hätte doch
gestanden, dass das Gelände Wald sein würde.

Papier ist geduldig. Und unsere Wulfenforter Stadtverwaltung auch.

Inzwischen tagen die verschiedenen Gremien unserer Stadtverordneten zu den vorgeschriebenen Terminen. Einige der Stadtverordneten sind auf unserer Seite und versuchen irgendwie das Beste aus der Situation zu machen. So kommt es bei einer Hauptausschusssitzung, die vor der großen Stadtverordnetenversammlung abgehalten wird zu heißen Diskussionen. Die Zeitung schreibt dazu: *"Mehr Auseinandersetzungen gab es um einen von Linken und SPD eingebrachten und schon zuvor vom Stadtentwicklungsausschuss angenommen Antrag, der den Bürgermeister beauftragt bis November 2017 ein Gesamtkonzept für das Heidenholz der SVV als Beschluss vorzulegen. Dabei sollen interessierte Bürger, Bürgerinnen und Vereine ausdrücklich beteiligt werden."* Damit sind ja wohl wir gemeint. Die Gegenfraktion interveniert natürlich, kommt aber damit nicht durch. So kann man dann einige Abschnitte darunter lesen: *"Dieser Antrag ist vom Stadtentwicklungsausschuss beschlossen worden, ohne Gegenstimme. Was für einen Sinn macht denn die Arbeit in den Ausschüssen, wenn dort gefasste Beschlüsse hier im Hauptausschuss abgewürgt werden?"* Also muss man in den sauren Apfel beißen und eine entsprechende Beschlussvorlage für die kommende Stadtverordnetenversammlung erarbeiten.

Ich muss das noch mal durchdenken. Die Leute vom Stadtentwicklungsausschuss wollen, dass die Bürger in Zukunft mit bestimmen können, was mit dem Naherholungsgebiet Heidenholz passiert. Darüber haben sie abgestimmt. Dieses Ergebnis geht dann zum Hauptausschuss, der die Vorlagen für die Stadtverordnetenversammlung erarbeiten soll. Und dort soll dann endgültig darüber abgestimmt werden, ob das wirklich so gemacht werden soll.

Es gibt bei uns über das Jahr verteilt fünf Stadtverordnetenversammlungen. Davor tagen die Ausschüsse, welche die Themen vorbereiten. Wenn ein Ausschuss irgendetwas verpasst, dann dauert es mindestens zwei Monate, bis er darüber wieder beraten kann. Kein Wunder, dass ich das Gefühl habe, dass sich nichts bewegt. Anderseits sind die Stadtverordneten ehrenamtlich tätig. Da will man auch nicht dreimal in der Woche zur Versammlung rennen. Reich werden sie dabei sicher nicht. Auf der Seite der Kommunalverfassung des Landes Brandenburg, meiner neuen Lieblingsseite im Internet, steht: *"Gemeindevertreter haben Anspruch auf Ersatz ihrer Auslagen und ihres Verdienstausfalls. Sie können eine angemessene Aufwandsentschädigung erhalten. Der ehrenamtliche Bürgermeister, der Vorsitzende der Gemeindevertretung und ihre Stellvertreter sowie die*

Vorsitzenden von Ausschüssen und Fraktionen können eine zusätzliche Aufwandsentschädigung erhalten. Das Nähere regelt eine Entschädigungssatzung." Ich kann auf der Seite unseres Ortes Wulfenfort keine derartige Satzung finden. Da ist sonst allerhand aufgelistet, was man in einer Satzung festlegen kann. Mein neues Lieblingswort könnte Regenwassergrundstücksanschlusssatzung werden. Das sind immerhin 38 Buchstaben. Davon siebenmal ein S. Man könnte natürlich auch einmal einen Regenwassergrundstücksanschlusssatzungsüberprüfungsantrag stellen. Damit kommen wir auf 57 Buchstaben in einem Wort. Die Anzahl des Lautes S erhöht sich dadurch auf 9.

Ich glaube, ich schweife ab. Immerhin kann man auch noch direkt zu Beginn der Stadtverordnetenversammlung einen Antrag über die Erweiterung der Tagesordnung stellen. Das lese ich zumindest aus deren Geschäftsordnung heraus. So ein Antrag ist schriftlich zu stellen und darüber muss abgestimmt werden. Interessant. Hält man diese Schritte nicht ein, hat man wohl keine Chance noch was gebacken zu bekommen. Hoffentlich wissen das alle Abgeordneten.

Ich wollte ja ursprünglich etwas über die Diäten der Stadtverordneten herausfinden. Aber das gehört sicher in den nichtöffentlichen Teil, denke ich mir grinsend. Warum aber eigentlich? Ich glaube nicht, dass sich einer von ihnen mit seiner ehrenamtlichen Arbeit eine goldene Nase verdient. Ich entdecke etwas anderes. Die Entschädigungssatzung für unseren Kreis besagt: *"Die Mitglieder des Kreistages erhalten eine monatliche Pauschale von 195,00 €."* Rein theoretisch müsste es für die Stadtverordneten unseres Ortes dann etwas weniger sein. Aber das ist wirklich nicht mein Problem. Es kam nur manchmal in der Diskussion mit den Bürgern das Argument, dass »die da« ihr Schäfchen im Trockenen haben. Mit etwas mehr Transparenz würden solche Gedanken gar nicht erst entstehen. Das ist, wie erwähnt, jedoch nicht mein Bier.

Ich lese mir stattdessen die Hauptsatzung der Stadt Wulfenfort durch. Es fällt mir allerdings schon ein bisschen schwer, nicht darüber nachzugrübeln, ob es auch eine Nebensatzung gibt. Doch ich rufe mich zur Ordnung und lese: *"(1)Neben Einwohneranträgen, Bürgerbegehren und Bürgerentscheiden beteiligt die Stadt ihre betroffenen Einwohner in wichtigen Gemeindeangelegenheiten förmlich mit folgenden Mitteln: 1. Einwohnerfragestunden der Stadtverordnetenversammlung. 2. Einwohnerversammlungen. (2) Die Einzelheiten der in Abs. 1 Nr. 1 bis 2 genannten Formen der Einwohnerbeteiligungen werden in einer Satzung über die Einzelheiten der förmlichen*

Einwohnerbeteiligung in der Stadt Wulfenfort geregelt."
Ich recherchiere und finde eine Einwohnerbeteiligungssatzung unter der Rubrik Satzungen. Schade! Da hätte mehr kommen können. Zum Beispiel: Einwohnerbeteiligungsformwahrungseinzelheitensatzung. Das sind 52 Buchstaben. Das wäre doch mal was! Falls jemanden daran etwas nicht gefällt, dann könnte man ja einen Einwohnerbeteiligungsformwahrungseinzelheitensatzungänderungsantrag stellen. Mein Schreiberherz lacht: 67 Buchstaben.
Noch habe ich mir einen Rest Humor erhalten, auch wenn es nur Galgenhumor ist.

Donnerstag 13.April

Bei uns in der Gegend ist es am Gründonnerstag Tradition eine Wanderung zu machen. Dabei läuft man einen mehrere Kilometer langen Rundweg, dessen Stationen drei kleine Kirchen sind. Auch wenn ich kein Christ bin, finde ich es eine schöne Art, das Osterfest und somit auch den Frühling zu begrüßen.
In diesem Jahr muss ich mich ganz allein auf den Weg machen. Meine Freundinnen, mit denen ich sonst immer wandere, haben keine Zeit oder sind krank. Oder habe ich überhaupt keine

Freundinnen mehr? Immerhin musste ich in der letzten Zeit beinahe jegliche Freundinnentreffen mit der Begründung absagen, dass ich keine Zeit hätte, weil ich ja den Wald retten will.
Trotzdem marschiere ich frohen Mutes los. Unter über 100 Leuten, die in diesem Jahr am Anwandern teilnehmen, fühle ich mich keineswegs einsam. Erst gesellt sich der örtliche Förster zu mir. Wir schwatzen über Biber, Wölfe und natürlich über das ganze Geschehen rund um die Baumschule Heidenholz. Längst beschäftigt dieses Thema nicht nur die Einwohner von Wulfenfort. Es ist schon spannend, die meisten Menschen sind der Meinung, dass man eine Erdbeerplantage überall machen kann, dass aber der Wald, egal wie alt, doch viel wichtiger wäre.
Danach wandere ich eine Weile ohne Gesprächspartner weiter. Goethe hat das mal so ausgedrückt: „Ich ging im Walde so für mich hin." Ehrlich gesagt habe ich mit keiner Silbe damit gerechnet, dass sich auf einmal Dr. Freundlich als mein Wandergefährte einfinden wird. Er erzählt mir, dass er gern mal über den Beirat fürs ganze Heidenholz mit mir sprechen würde. Aber bei diesem Thema bleiben wir nicht. Wir reden von Hinz und Kunz und über die unterschiedlichsten Sachen. Wer unsere Vorgeschichte nicht kennt, der würde uns glatt für gute Freunde halten können. Ich gebe zu, es

war angenehm mit ihm zu plaudern. Bei Dr. Freundlich ist der Name vielleicht doch irgendwie Programm. Ich kann mir vorstellen, dass er bei der nächsten Bürgermeisterwahl etliche Stimmen holen wird.

Als ich später über die ganze Situation nachdenke, frage ich mich: War es mir eigentlich peinlich, so in voller Harmonie mit ihm gesehen zu werden? Nicht wirklich. Aber komisch war es doch. Auf alle Fälle hatte ich damals mehr als einmal Recht, als ich sagte: "Wir zwei gehen schon noch mal zusammen im Wald spazieren."

Endloses Tauziehen

Zusammenfassung Ende April/Mai

Wenn mir die Sache nicht so an die Nieren gehen würde, dann fände ich manche Auswüchse des Dilemmas ziemlich witzig. Da wollen Abgeordnete der SPD in einem offenen Brief wissen, ob der Bürgermeister irgendwelche Auswirkungen für den Verkaufsbeschluss der Heidenholz-Fläche sieht, weil es ja jetzt den Brief vom Ministerium gibt, der das Gelände als Wald bezeichnet. Es dauert tatsächlich zwei Wochen, bis Herr Felsentramp antwortet und meint, dass er keinen Brief vom Ministerium bekommen hat. Darum hat das auch keine Auswirkungen für ihn.
Ja was soll man denn dazu sagen? Natürlich ist das Schreiben vom Ministerium an mich gegangen. Und ich habe es an die Presse weitergeleitet. Damit war es öffentlich. Und für mich schien die Sache erst einmal erledigt. Die Spitzfindigkeit liegt wieder einmal im Detail. Einer der letzten Sätze des Ministeriumbriefes lautet, dass die Untere Forstbehörde die Stadt

Wulfenfort über den neuen Sachstand informieren werde. Aha! Der Bürgermeister hat wohl tatsächlich keinen Brief vom Ministerium bekommen. Er hat, so finden wir heraus, jedoch ein Schreiben von der Forstbehörde bekommen, das ihn über den veränderten Sachverhalt informiert. Da man bei der SPD-Anfrage aber nach dem Ministeriumsschreiben gefragt hatte, darf der Bürgermeister mit guten Gewissen sagen, dass er keines bekommen hat und sich darum nicht dazu äußern kann. Vollkommen korrekt – und doch nicht zu verstehen. Schilda lässt grüßen.

Eigentlich habe ich mit Konrad Adenauer nix am Hut. Aber ich stolpere über einen seiner Aussprüche und halte mich recht verzweifelt daran fest. "Man darf niemals 'zu spät' sagen. Auch in der Politik ist es niemals zu spät. Es ist immer Zeit für einen neuen Anfang." Wie krass ist das denn? Ich muss den alten CDU-Fritzen Konrad Hermann Joseph Adenauer zu Hilfe nehmen, um seelisch und moralisch bei der Stange zu bleiben. Wenn mir das mal jemand prophezeit hätte, dem hätte ich glatt einen Vogel gezeigt.

Hätte, hätte. Das ist sowieso das Thema der Stunde. Hätte man das oder dies anders machen können, sollen, müssen? Die Zeit vergeht und sie arbeitet scheinbar gegen uns. Ich führe immer noch zig Telefonate, erhalte Briefe und Mails. Der Grundtenor ist immer gleich. Menschlich ist

die Sache nicht zu verstehen, aber rechtlich ist alles scheinbar in Ordnung. Selbst die Vertreter von den verschiedenen Behörden, lassen das ziemlich unverblümt am Telefon durchklingen. Wenn ich das so richtig interpretiere, dann fühlen sich die einzelnen Ämter getäuscht und über den Tisch gezogen. Niemand ist aber bereit, seine getroffenen Zusagen zurückzunehmen oder gar der Stadt mal zu sagen, dass es so nicht geht. Die Krönung von allem ist die Kommunalaufsichtsbehörde. Die hat alle einzelnen Beschwerden an die Stadtverordneten übergeben und die sollten entscheiden, ob die Vorwürfe rechtens waren. Man muss schon eine sehr aufrechte Haltung haben, um sich selbst eines Fehlers zu bezichtigen. Also ging auch dieses Vorhaben in die Leere.
Bei der nächsten Stadtverordnetenversammlung rechtfertigt sich dann Bürgermeister Felsentramp auch ausgiebig. Unsere Wulfenforter Stadtzeitung kommentierte das dann so: *"Dass sich Herr Felsentramp gegen die in verschiedenen Dienstaufsichtsbeschwerden geäußerten Vorwürfe zur Wehr setzt, ist sein gutes Recht. Dass der von der Verwaltung angeblich aus Gründen der Wirtschaftsförderung forcierte Verkauf an die Erdbeerfirma von den Stadtverordneten nun mal beschlossen wurde, kann man dem Bürgermeister nicht zum Vorwurf machen. Diese Entscheidung war durch die Enthaltung einiger Abgeordneter wegen*

mangelnder Information zur Sachlage erfolgt. Ein Fehler, wie die meisten der „Enthalter" heute wissen. Das der Bürgermeister dabei eben nicht auf den ihm mehrfach bekannt gemachten mangelnden Kenntnisstand der Abgeordneten einging bleibt sein Vergehen. Er hat mit nun nachweislich unzutreffenden Fakten argumentiert. Angebliche Altlasten auf dem Gelände, die den Grundstückspreis gesenkt hätten sind ebenso unsinnig gewesen. Keine der betroffenen Flächen ist von den kreislichen Behörden als altlastenbehaftet geführt – nicht einmal als altlastenverdächtig."

Liest sich wieder einmal gut – bringt aber keinerlei Bewegung in die Sache.

Zu guter Letzt schiebt Felsentramp der Unteren Forstbehörde noch den schwarzen Peter zu. Schließlich sei sie es gewesen, die die Fläche als Brache eingestuft hätte. Gut, dass der Oberförster nicht anwesend ist, mit dem hatte ich auch ein langes Telefongespräch. Aber, wie schon erwähnt, das alles hat immer noch keinen Einfluss auf die einmal getroffene Entscheidung. Der Verkauf ist nicht vom Tisch. Und die Sommerpause naht. Uns läuft die Zeit davon.

Im Mai

Meine Notizen werden kürzer, spärlicher und auch irgendwie emotionsloser. Nicht weil wir weniger machen, sondern weil es keine konkreten Ergebnisse gibt. Ich telefoniere, maile, blogge und habe eine Facebook-Seite für das Heidenholz eingerichtet. Da veröffentliche ich unter anderen Beiträgen, wie wichtig der Wald für uns Menschen ist. Vielleicht gibt das einigen Bürgern zu denken. Unsere Internetseite muss auch immer mal wieder aktualisiert werden. Dort pflege ich die neuesten Artikel aus der Presse ein oder wo wir gerade mal wieder mit unserem Stand stehen und Aufklärung anbieten. Ich habe zu tun und komme kaum noch zum Schreiben.

Aber es passiert nicht. Nado, nitschewo, niente. Wir erfahren nichts aus Richtung derStadtverwaltung. Selbst die uns wohlgesonnen Stadtverordneten schweigen sich aus. Sie berufen sich auf ihre Verpflichtung, nichts aus dem nichtöffentlichen Teil auszuplaudern. Ich kann sie ja verstehen. Unser Bürgermeister Felsentramp ist gerade dabei einen der Abgeordneten zu verklagen, weil der angeblich eine Information weitergegeben hat, die das Gebot der Schweigepflicht verletzt. Es geht wieder einmal darum, was in jenem ominösen Teil der Stadtverordnetenversammlung besprochen wurde. Nicht öffentlich. Wie ich diese zwei Worte inzwischen verabscheue. Und was für Geheimnisse soll der arme Herr Thaler denn ausgeplaudert haben? Durften die Bürger der

Stadt nicht erfahren, dass die Stadtverwaltung mauschelt?

Nachtrag: Später werde ich erfahren, dass Herrn Thaler gar nicht direkt zur Last gelegt wird, dass er aus dem nichtöffentlichen Teilen Namen, Verkaufserlöse, Preise, Inhalte von Konzepten, die nicht öffentlich bekannt waren, weitergegeben hat. Stattdessen hat er seine Emotionen der Öffentlichkeit zugänglich gemacht (wie es so schön auf beamtisch heißt) und seine persönlichen Meinungen zu einem Sachverhalt geäußert. So steht es jedenfalls inzwischen in einem Protokoll der Stadtverordnetensitzung. Und daraus wollen sie ihm einen Strick drehen? Einerseits ist es gut, dass man in solchen Protokollen alles nachlesen kann. Anderseits bin ich mir nicht so ganz sicher, ob das immer auch wirklich so gewesen ist, wie es da steht. Ich habe ja einige Versammlungen mitgemacht und manche Aussagen doch ganz anders in Erinnerung. Ich weiß, dass ich im Laufe der Zeit eine gehörige Portion Misstrauen angehäuft habe. Aber manche Sachen kommen mir doch recht spanisch vor.

Warum nur besteht die Stadt auf diese Geheimhaltungsnummer. Handelt es sich dabei um gekränkte Eitelkeit der einzelnen Protagonisten? Oder steckt da mehr dahinter? Natürlich bekomme ich auf solche Fragen keine Antworten. Genaugenommen bekomme ich überhaupt keine Antworten, die mir weiterhelfen. Also bleibt mir nichts anderes übrig, als mittels Blogg und Facebook etwas zu sticheln. Ich mache mir Sorgen, dass die Bürger von Wulfenfort denken, dass die Sache nun erledigt ist. Ist sie nicht! Noch lange nicht. (Ich werde mich wundern, wie lange das noch gehen wird.)

Die Situation erinnert irgendwie an die Ruhe vor dem Sturm. Wir mailen und WhatsAppen hin und her. Keiner weiß etwas Genaues über den aktuellen Stand der Dinge. Zieht der Erdbeermensch nun seinen Kaufantrag zurück? Will er nur das Reststück kaufen? Plant er die Beantragung von Sonderausnahmegenehmigungen? Genaugenommen ist es zum Verzweifeln. Wir können nichts Konkretes tun und müssen die Hände in den Schoß legen.

Auf der Straße werde ich immer mal wieder angesprochen. Wie gut es doch ist, dass die Sache mit dem Wald geklärt ist. Am liebsten möchte ich schreiend durch die Stadt laufen. Nichts ist geklärt. Und unsere Gegenseite fischt sozusagen im Trüben. Ich mache mir Sorgen, was sie da wieder an Land ziehen werden.

"Im Trüben fischen" bedeutet laut Google auch: Aus unklaren Verhältnissen Vorteile gewinnen. Ich finde, das passt wie die Faust aufs Auge.

Im Juni

Wer den DEFA-Streifen „Heißer Sommer" noch kennt, der weiß, dass da echt was los war. Bei uns ist es ganz anders. Wir stehen buchstäblich im Regen. Es nützt nichts, wenn wir uns beinahe regelmäßig treffen und überlegen was zu tun sei. Von Seiten der Stadtverwaltung werden wir nicht als Partner angesehen, sondern (so ist jedenfalls mein Gefühl) als störende Querulanten. Und denen muss man ja keine Auskunft geben. Mit solchen muss man nicht reden und die braucht man auch nicht, in irgendwelche Überlegungen einzubeziehen.
So ist die nächste Stadtverordnetensitzung von Wulfenfort herangerückt. Wir haben uns wie immer sorgfältig vorbereitet, Fragen aufgeschrieben und unser Vorgehen abgestimmt. Immerhin beginnt jetzt bald die Sommerpause und die nächste Zusammenkunft ist erst im September. Bis dahin kann noch viel Wasser in unserem kleinen Flüsschen Drömitz herunterfließen und Bäume sind heutzutage schnell gefällt. Ich bekomme sowieso schon Panik, wenn irgendetwas, was auch nur entfernt an schwere Technik erinnert, in Richtung der alten Baumschule Heidenholz fährt. Aber bisher war alles nur blinder Alarm. Hoffen wir, dass es so bleibt.
Die Stadtverordnetenversammlung ist nur

mäßig besucht. Das erstaunt mich. Bis zum nächsten Termin ist es ein besonders langer Abschnitt. Es wäre doch sicher wichtig, dass man sich heute noch über einige Sachen einigt. Aber Bürgermeister Felsentramp ist nicht da. Sein Stellvertreter Dr. Freundlich auch nicht. Also ist das Gremium sozusagen führerlos. Darf man das heutzutage überhaupt noch sagen? Ich habe so meine Probleme mit der political correctness, gebe ich offen zu. Und obwohl ich jetzt gern eine innere Diskussion mitmir selbst über Schaumküsse und ähnliches vom Zaun brechen würde, bleibe ich mit meinen Gedanken doch lieber bei der Versammlung, deren Besuch den Stadtvätern nicht wichtig genug war. Dr. Freundlich gab sich, so wie man später erfuhr, lieber die Ehre auf einer Festveranstaltung der örtlichen Bank. Ich kann es ja irgendwie verstehen. Sicher war das ein netterer Zeitvertreib, als sich mit renitenten Waldrettern herumzuärgern.

Dafür war wohl Herr Beyer vom Liegenschaftsamt zur Anwesenheit zwangsverpflichtet worden. Und der musste nun die Suppe auslöffeln. (Der geneigte Leser mag sich erinnnern, dass er mit dem Erdbeermenschen verwandt ist.) Unsere erste Frage lautete, ob man in der Stadtverwaltung einen Brief von der unteren Forstbehörde erhalten hätte, der die Feststellung als Wald eines großen Teiles des Areals der alten Baumschule beschreibt. Das wurde (meines Erachtens zähneknirschend) mit JA beantwortet. (Es ging ja diesmal nicht konkret um einen Brief vom Ministerium. Wenn der Herr Thaler damals vielleicht nach der Forstbehörde gefragt hätte…) Natürlich wollten wir auch wissen: „Wie geht es nun weiter?". Wenn wir nicht so vehement schlechte Erfahrungen mit den Aussagen unserer Stadtverwaltung gemacht hätten, dann wäre vielleicht sogar etwas Freude bei der Auskunft „Die Verkaufsverhandlungen sind ZUR ZEIT ausgesetzt" aufgekommen. Aber irgendwie bleibt da ein fahler Beigeschmack. Selbst wenn Herr Beyer das in aller Öffentlichkeit von sich gibt. Das klingt zwar gut, kann aber auch Beruhigungstaktik sein. Wir wissen nicht genau, ob in der nachfolgenden nichtöffentlichen Sitzung beschlossen wird, dass das auch bis September so bleiben soll. Vielleicht erwartet uns am Ende der Sommerpause eine unangenehme Überraschung? Es ist wie immer. Wir können nichts tun und müssen abwarten. Das ist ein Zustand, der permanent an den Nerven zerrt.

Damit wir von unseren Stadtvätern in Zukunft nicht mehr nur als zänkische Bürger wahrgenommen werden, beschließen wir, aus unserer losen Interessengemeinschaft einen Verein zu machen. Also setzen wir uns hin und erarbeiten eine Satzung. Wir diskutieren was wir wollen und was nicht. Liegt uns nur diese eine alte Baumschule am Herzen? Oder geht es mittlerweile um den ganzen Stadtwald und die Lebensqualität in unserem Wulfenfort? So ganz nebenbei kommen eine Menge Ideen auf den Tisch, was man so alles machen kann. Es geht um den Erholungswert, um Bildung, um Kultur. Ich habe inzwischen auch ein Lieblingsprojekt. Das nennt sich *„Kommunen für biologische Vielfalt"* und *„ist ein Zusammenschluss von im Naturschutz engagierten Kommunen. Es stärkt die Bedeutung von Natur im unmittelbaren Lebensumfeld des Menschen und rückt den Schutz der Biodiversität in den Blickpunkt. Unsere Vision sind grüne Kommunen als hochwertiger Lebensraum für Menschen, Tiere und Pflanzen."* (Quelle: http://www.kommbio.de)

Wenn wir da als Stadt mitmachen würden, dann hätten wir endlich ein Alleinstellungsmerkmal. Im Rathaus möchte man seit langem schon gern eines haben. Aber unser Städtchen hat keine besonderen Persönlichkeiten hervorgebracht und bietet auch sonst nicht viel Außergewöhnliches. Dafür bekommt es bald einen Verein, meinen wir, der jede Menge Ideen hat. Da lässt sich sicher die eine oder andere realisieren. Wenn die Stadt mit uns zusammenarbeiten würde, könnten wir einiges bewegen. Eines ist klar: Wir wollen ernst genommen werden und versuchen unsere

Bemühungen dahingehend zu bündeln. Wir würden lieber heute als morgen etwas auf die Beine stellen, aber uns sind die Hände gebunden. Wieder heißt es abwarten. Damit wir nicht nur Tee trinken, schließen wir uns erst einmal offiziell zusammen.

Montag, 26. Juni

Ich komme gerade aus der Stadt, da treffe ich einen Bekannten vor meinem Hoftor. Der schaut mich ganz verdutzt an und fragt, warum ich denn nicht mit bei der Begehung im Wald dabei sei. Ich stutze. Was für eine Begehung? Mir schwant nichts Gutes.
Also nichts wie rein ins Haus, den Hund geschnappt und ab in den Wald. So richtig toll ist das mit meinem vierbeinigen Begleiter als moralische Unterstützung irgendwie nicht. Ich schau also mal über den Gartenzaun vom Nachbarn, ob der zufällig daheim ist. Ich habe Glück. Spontan schließt er sich mir an. Als harmlose Spaziergänger getarnt, versuchen wir herauszufinden, wo sich diese ominöse Delegation zur Waldbesichtigung aufhält. Zum Glück kennen wir uns in unserem Revier gut aus und wissen auch bald, wo sie langgehen. In Sichtweite marschieren wir nebenher. Ich kann mir gut vorstellen, dass das den Vertretern

unserer Stadt nicht wirklich gefällt. Sicher befürchten sie irgendeine Aktion.

Und sie sollen Recht behalten. Während sich die Abordnung innerhalb des eingezäunten Geländes der alten Baumschule Heidenholz befindet, stehen der Nachbar und ich auf der anderen Seite des Zaunes im umstrittenen Waldstück. Misstrauische Blicke fliegen hin und her. Die Gäste auf dem Gelände scheinen jedoch nichts zu ahnen. Wir sehen halt aus wie Spaziergänger mit Hund im Wald. Das soll sich jedoch gleich ändern.

Ich beschließe, mich wieder mal zum Affen zu machen, und pumpe mich wie ein Maikäfer auf. In dem Moment, wo es abzusehen ist, dass man drüben den Rückweg antreten wird, hole ich tief Luft und brülle über den Zaun. „Und eines will ich hier noch einmal festhalten!", dabei rudere ich wie wild mit den Armen und zeige auf das umliegende Gelände. „Das hier ist Wald und es soll auch Wald bleiben!"

Den Vertretern von der Stadt ist das sichtlich peinlich. Sie fordern mich auf, doch ruhig zu bleiben. Aber ich will das nicht, sondern argumentiere weiter. Mein Nachbar, der gefühlte zwei Meter groß ist, steht indessen mit verschränkten Armen wie ein Fels in der Brandung hinter mir. Ich hüpfe vorn wie ein aufgeregtes Huhn hin und her. Wir bieten bestimmt einen tollen Anblick. Die Hiesigen schauen betreten zu Boden, die Fremden sind irritiert. Wortlos ziehen alle ab.

Einige Tage später erfahre ich aus der Zeitung, dass die ganze Angelegenheit nicht ganz so gefährlich war, wie zuerst angenommen. In einem Artikel wird den Lesern mitgeteilt, dass eine vierköpfige Abordnung der Hochschule für Nachhaltige Entwicklung Eberswalde kürzlich zu Gast in Wulfenfort war. Bei diesem ersten Treffen ging es um Möglichkeiten zur grundsätzlichen Zusammenarbeit zwischen der Hochschule und der Stadt Wulfenfort, hat Dr. Freundlich der Presse mitgeteilt. Die Gäste sollten die vielfältigen Möglichkeiten kennenlernen, die das gesamte Waldgebiet Heidenholz bietet, das mit seinen vielen Facetten vorgestellt wurde. Vizebürgermeister Dr. Freundlich meinte, dass dessen Potenziale derart vielfältig seien, dass man mit Fug und Recht von einem „Multitalent" sprechen könne. Mir entfährt beim Lesen ein lautes: „Schau-mal-einer-an!"

Wie kommen sie den auf einmal darauf, dass unser Stadtwald so etwas Tolles ist? Dabei sind sie gerade dabei, ein fettes Stück davon an einen Menschen zu verkaufen, der es platt machen will. Und außerdem wurde da auch mal wieder bloß die halbe Wahrheit erzählt. Dr. Freundlich erwähnte bei den vielen Möglichkeiten auch den Verein Pusteblume, der hier aktiv sei. Das Dumme ist nur, dass der schon fleißig seine

Koffer packt, weil er nach dem Willen der Stadtväter die alte Baumschule verlassen muss.

Im Sommer

Ich könnte verrückt werden! Es passiert nix. Man bekommt keine Informationen. Alle halten sich bedeckt. Das ist ja auch kein Wunder nach dem, was mit Herrn Thaler so veranstaltet wird. Immer wenn ich LKWs oder irgendetwas, was nach schwerer Technik klingt, in Richtung Wald fahren höre, schnappe ich mir den Hund und renne los. Bisher war es nur blinder Alarm. Den Hund freut es. Mich natürlich auch. Aber für mein Seelenheil ist das nicht gerade zuträglich. Ich überlege sogar ernsthaft, ob ich nicht, anstatt Liebesromane zu schreiben, auf Krimis umsteige. Da könnte ich einige der Protagonisten galant um die Ecke bringen. Ideen hätte ich genug: Eibentee, Maiglöckchensuppe oder Knollenblätterpilzragout. Als ich merke in welche Richtung meine Gedanken immer wieder abschweifen, mahne ich mich doch zur Ordnung. So geht es ja nun auch nicht! Das deckt sich nun doch nicht mit meinem Verständnis von Demokratie. Obwohl ich zugeben muss, dass das in den letzten Monaten arg gelitten hat.

Damit wir von ProHeidenholz auch irgendwie ernst genommen werden, gründen wir nun tatsächlich sicherheitshalber mal einen Verein. Als loser Zusammenschluss von Bürgern, wie es so bei einer Interessengemeinschaft ist, hat man ja leider kaum Einfluss. Ich bin nicht so der Vereinsfreund, aber man kommt wohl nicht umhin. Zu allem Überfluss werde ich auch noch als Vorsitzende gewählt. Ich weiß jetzt echt nicht, ob ich das gut finden soll.

Im Herbst

Die nächste Stadtverordnetenversammlung fällt genau in die Zeit, in der ich Urlaub mache und verreise. Das machen wir einmal im Jahr für eine Woche und planen es immer kurz vor Jahreswechsel. Ich habe doch im Dezember letzten Jahres mit keiner Silbe daran gedacht, mich bei der Ferienhausbuchung nach den städtischen Terminen zu richten. Also muss meine Stellvertreterin, denn sowas hat man in einem ordentlichen Verein, den Part übernehmen, um unsere neue Organisationsform vorzustellen. Ich bin ganz froh darüber. Nicht, dass ich mich drücken will, aber ich bin immer noch ganz schön emotional. Das ist beim Romanschreiben mehr als nur angebracht, in der Politik aber eher hinderlich.

Der Tenor des Vortrags lautet: Wir wollen ernst genommen, nicht als Meckerer hingestellt und grundsätzlich mit der Stadt zusammenarbeiten werden. Kooperation statt Konfrontation ist angesagt.

Dr. Reiter fragt in der Einwohnerfragestunde aber doch noch, ob es eine neue Entwicklung in Bezug auf das Heidenholz gibt. Und dann setzt er noch etwas drauf. Seine Nachfrage, warum man denn den ursprünglichen Verkaufsbeschluss nicht zurücknehmen kann, stößt auf taube Ohren. Dr. Freundlich meint, er könne nicht für den abwesenden Bürgermeister sprechen. Und selbst uns wohlgesonnene Abgeordnete entgegnen, das wäre eine Sache für den nichtöffentlichen Teil.

Da ist es wieder, mein neues Lieblingswort: nichtöffentlich. Schade, dass das nicht in meine Romanen vorkommen kann. Ich weiß aber beim besten Willen nicht, wie ich das einbauen soll.

Er sah ihr tief in die Augen, zog sie an sich und küsste sie voller Verlangen. Dabei flüsterte er: "Lass uns in den nichtöffentlichen Raum gehen".

Das geht doch gar nicht! Da ist doch jegliche Romantik dahin!

Immer noch Herbst

Wir haben einen neuen Bürgermeister gewählt. Das hat jetzt nichts unmittelbar mit der Waldsache zu tun. Aber im Wahlkampf wurden die Kandidaten oft zu diesem Thema angesprochen. Herr Felsentramp hat sich aus gesundheitlichen Gründen, nicht noch einmal zur Wahl gestellt. Irgendwie sind wir alle erleichtert. Wenn jemand mehr als 25 Jahre das Oberhaupt einer Stadt ist, dann muss da dringend mal frischer Wind in die Stadtverwaltung. Das finden die meisten Bürger unserer Stadt Wulfenfort auch. Der Neue an der Spitze ist Dr. Freundlich. Ich weiß nicht so recht, ob mich das Freuen soll. Einerseits trage ich im immer noch nach, dass er mich damals so versetzt hat. Meine Mutter hat mir mal ein Sternzeichen-Kissen geschenkt. Da stand drauf, dass Steinböcke kleinlich sind. Stimmt das vielleicht tatsächlich? Zumal ich das Kissen auch nicht besonders mag.
Anderseits macht Dr. Freundlich schon was her. Er ist so ein Schwiegermuttertyp. Ich kann das sagen, denn ich habe ja schließlich das Alter dafür. Und wenn er was will, dann kann er sich auch dafür einsetzen. Zumindest habe ich das Gefühl. Jetzt ist die große Frage: Was will er in Bezug auf das Heidenholz?

Immer noch kein Ende in Sicht?

22. November

Es ist wieder einmal Stadtverordnetenversammlung in Wulfenfort. Natürlich will ich im öffentlichen Teil, also in der Bürgerfragerunde gleich als erstes Wissen, ob es etwas Neues zum Stand der Baumschule Heidenholz gibt. Irgendwie habe ich das Gefühl, dass die anwesenden Bürger sich schon auf meinen Auftritt freuen. Seit die Sache mit dem Heidenholz immer mal wieder auf den Tisch kommt, zieht es erstaunlich mehr Publikum in den Sitzungssaal. Der Vorsitzende watscht mich gleich nach meiner Frage kurz ab und sagt, dass es nix zu berichten gäbe. Dr. Freundlich erklärt mir dann noch, dass die Prüfung des Vorhabens noch nicht abgeschlossen sei. Man habe sich mit dem Investor in Verbindung gesetzt. Bei dem Wort Investor zucke ich zusammen. Im Zusammenhang mit der geplanten

Erdbeerplantage klingt das immer so, als ob ich hier den Wulfenforter eine glänzende Zukunft und zig Arbeitsplätze missgönnen würde. Ich will doch bloß den Wald retten! Sieht denn das keiner? Es beruhigt mich auch nicht besonders, dass ich erfahre, dass das Thema in der ersten Sitzungsfolge des neuen Jahres behandelt wird. Wer weiß, was die bis dahin wieder aushecken, schießt es mir durch den Kopf. Ich habe keine Ahnung, wen ich mit DIE eigentlich meine. Aber das ist mir inzwischen auch egal. Ich befürchte eh, dass ich so langsam unter Paranoia leide. Das hält mich aber nicht ab auch im zweiten Teil der Bürgerfragestunde, noch einmal herumzustochern. Diesmal hätte ich gern Informationen zum Beirat des Heidenholzes, den man laut Presse gebildet habe. Schließlich sind wir jetzt ein Verein und wollen da auch mitmachen. Das findet Dr. Freundlich gut. Er meint aber gleichzeitig, dass es noch keine Gründungsberatung für diesen Beirat gab. Damit muss ich jetzt leben. Zugegeben ist das alles ziemlich unbefriedigend. Oder soll ich froh sein, dass es nicht heißt, dass man nächste Woche mit den Fällarbeiten anfängt?

Im Winter

Es passiert nix. Es ist scheinbar immer noch

keine endgültige Entscheidung gefallen. Man vernimmt aus dem Rathaus weder eine positive noch eine negative Aussage. Wenigstens höre ich keine Motorsägen aus der Richtung der alten Baumschule. Im Winter sägt es hier ja ständig. Es scheint so, als ob sich in den letzten Jahren alle einen Kamin zugelegt hätten. Jeder trockene Baum wird gefällt oder aus dem Wald geräumt. Das kann es aber auch nicht sein! Ich habe meine "Waldwende" gelesen! Wilhelm Bode und Martin von Hohenhorst beschreiben schon im Jahre 2000 die Notwenigkeit einer Umwandlung "vom Försterwald zum Naturwald". Die studierten Herren schreiben ein ganzes Kapitel über die Wichtigkeit von Totholz. Sie klären auf, dass und warum der aufgeräumte Wirtschaftswald arm an Flora und Fauna ist. In naturbelassenen Urwäldern Mitteleuropas sind etwa ein Fünftel der oberirdischen Biomasse abgestorbenes Holz. Das ist die Lebensgrundlage für etwa 1500 totholzbesiedelnde Pilze und 1343 Käferarten. Von letzteren stehen etwa zwei Drittel auf der Roten Liste.

Natürlich lese ich nicht nur Liebesromane zu Fortbildungszwecken. In meinem Bücherschrank stehen Thoreaus "Walden", Wohllebens "Das geheime Leben der Bäume", Clemens G. Arvays "Biophilia-Effekt" und einige andere Werke, die lange vor dem trendigen Hype um die Wirkung des Waldes entstanden sind. Erwin Thoma und Dieter Rohwer haben schon viel früher über den Zusammenhang von Bäumen und Menschen geschrieben. Es ist nur komisch, dass einerseits eine Art Rückbesinnung auf die Natur "in ist", anderseits aber der Wald von offizieller Seite so wenig geschätzt und geschützt wird. Wir sind ja hier nicht die Einzigen, die um ein Stück grüner Lunge kämpfen. Die Stuttgarter sahen sich bei der Verteidigung von Bäumen sogar Wasserwerfern gegenüber. Es werden riesige Löcher in den Wald gefressen, um Windkraftanlagen aufzustellen. Und immer noch werden Wälder gerodet, um für Tagebaue Platz zu machen. Was für eine verrückte Welt! So richtig darüber nachdenken möchte ich gar nicht. Da bekommt man ja glatt Depressionen! Das neue Jahr beginnt und alles ist beim Alten. Wenn ich in meinen Aufzeichnungen so zurück blättere, dann kann ich es kaum glauben. Was war da mal für eine Bewegung in der Sache! Und jetzt? Stagnation! Keine Informationen! Das zerrt an den Nerven. Es ist so, als gäbe es dieses ganze Hickhack um unser Heidenholz nicht. Will man uns in Sicherheit wiegen? Und das Schlimmste ist, niemand redet mit mir. Wegen der Sache mit dem angeblichen Geheimnisverrat von Herrn Thaler halten sich alle bedeckt. Keiner hat Lust, sich ein Verfahren an den Hals zu holen. Das kann ich ja auch irgendwie verstehen, aber diese trügerische Ruhe macht mich ganz hibbelig.

28. Februar

Der Termin für die nächste Stadtverordnetenversammlung ist ran. Diesmal prescht Dr. Reiter vor. Er stellt gleich einen ganzen Katalog an Fragen zum Heidenholz in den Raum. Da geht es darum, ob der Verkauf schon erfolgt wäre und wenn nicht, wie lange so ein Verfahren in der Schwebe bleiben könne. Er möchte wissen, ob die einzelnen Fraktionen dafür stimmen würden, den Verkaufsbeschluss aufzuheben. Und wenn nicht, warum sie denn so entscheiden würden. Die Frage finde ich besonders genial. Aber leider bekommen wir keine Antwort darauf. Genauso wenig wie auf die weiteren Fragen zum Investor, seinem Businessplan und den von der Stadt erwarteten Steuereinnahmen.

Dr. Freundlich verweist kurz und knapp darauf hin, dass er in seinem Tätigkeitsbericht zur Angelegenheit Heidenholz Stellung nehmen wird. Er ist ja jetzt Bürgermeister. Im Gegensatz zu seinem Vorgänger Felsentramp scheint er die Absicht zu haben, immer an den Versammlungen der Stadtverordneten teilzunehmen. Das finde ich löblich, aber es dämpft die Unruhe, mit der ich seinen Bericht erwarte, kein bisschen. Als er dann endlich über das ersehnte Thema spricht, kommt auch nichts Greifbares für mich heraus. Alles dreht sich darum, dass das Ministerium die Waldeigenschaft festgestellt, die untere Forstbehörde aber früher Mal etwas anderes gesagt habe. Na toll! Soweit waren wir schon mal!

Also will ich in der anschließenden zweiten Runde natürlich wissen, warum das Schreiben des Ministeriums nicht als vorherrschend betrachtet wird. Natürlich bekomme ich eine abschlägige Antwort. Man wird noch einmal einen Antrag zur verbindlichen Feststellung der Waldeigenschaft stellen. Das Ergebnis wird man mir allerdings nicht mitteilen, denn das ganze Prozedere gehört ja in den nichtöffentlichen Teil. Ich könnte mir die Haare raufen!

1. März

Gleich früh rufe ich den Oberförster an, der für besagte Feststellung der Waldeigenschaft zuständig ist. Verwundert fragt er mich, ob die Sache denn noch nicht vom Tisch sei. Ich klage ihm mein Leid und er hört geduldig zu. Diplomatisch wie er ist, gibt er mir am Ende unseres Gesprächs natürlich keine endgültige

Auskunft. Aber ich bilde mir ein, dass ich zwischen seinen Sätzen heraushören kann, dass ich mir keine allzu großen Sorgen machen soll. Nach dem Gespräch bin ich trotzdem ziemlich unsicher. Einerseits stirbt die Hoffnung ja bekanntlich zum Schluss. Anderseits habe ich aber vielleicht nur das aus seinen Worten entnommen, was ich wollte. Schließlich ist der Wunsch nicht selten der Vater des Gedankens.

Im Frühjahr

Wir schaffen es als Verein sogar, einen Termin für ein Arbeitsgespräch mit Dr. Freundlich zu bekommen. Um es mal in offiziellem Worten zu sagen: Die Atmosphäre ist freundlich, offen und konstruktiv. Die Frage, was mit der alten Baumschule Heidenholz nun endgültig passiert, wird allerdings nicht geklärt. Wie immer.
Ich versuche, nicht sauer zu sein. Stattdessen vereinbaren wir mit der Stadtverwaltung einen Müllsammeltag, um den Wald zu säubern. Es geht uns ja nicht darum, immer nur zu meckern. Wir wollen wirklich etwas Gutes für die Stadt erreichen. Da steht ein sauberer Erholungswald auch mit auf dem Plan. Unserem Aufruf zum Frühjahrsputz folgen ungefähr zwanzig Bürger. Es ist schon eigenartig: Wir machen etwas

gemeinsam mit der Stadtverwaltung, mit der wir doch bisher im Clinch lagen.

Von einer Journalistin werde ich angesprochen, ob ich nicht ein Interview geben will. Ich komme mir komisch vor, lasse mich aber darauf ein. So bekomme ich schlussendlich eine ganze Seite im Lokalteil der hiesigen Zeitung. Ich weiß nicht, ob ich mich darüber freuen soll. Denn auch wenn der Artikel recht positiv über mich berichtet: Es gibt noch immer kein Endergebnis!

Ganz am Rande und auch unabhängig von dem ganzen Streit um den Verkauf oder Nichtverkauf der alten Baumschule Heidenholz, hat sich eine Studentin aufgemacht, um eine Masterarbeit über die Entwicklungsmöglichkeiten unseres gesamten Stadtwaldes zu schreiben. Das finde ich echt spannend und die junge Frau ist mir sehr sympathisch. Natürlich hält sie sich aus den politischen Verwicklungen heraus, denn das ist nicht Thema ihrer Arbeit. Das Ergebnis könnte als Grundlage für unsere zukünftige Vereinsarbeit dienen, sinniere ich. Dabei gehe ich in Gedanken immer davon aus, dass die Stadt jetzt nicht mehr die Absicht hat, ihren Wald um 10 Hektar zu verkleinern.

Was ist aber, wenn alle unsere Bemühungen umsonst waren? Werde ich dann alles Hinschmeißen und mich schmollend an meinen Schreibtisch zurückziehen? Bisher habe ich den Gedanken immer weit von mir geschoben. Und so mag ich auch jetzt nicht daran denken. Nicht nach so langer Zeit!

16. Mai

Es ist etwas Unglaubliches geschehen! Ich habe glatt eine Stadtverordnetenversammlung verpasst! Wie konnte das nur geschehen? Hat mein Unterbewusstsein mit der ganzen Sache abgeschlossen? Habe ich aufgegeben? Ich hadere mit mir selber und verstehe nicht, warum mir das passiert ist.
Im Nachhinein lese ich das Protokoll dieses Abends. Was habe ich verpasst? Wahrscheinlich nichts. Das Wort Heidenholz, scheint nicht einmal gefallen zu sein. Von meinen Mitstreitern war auch niemand vor Ort. Und von den anwesenden Einwohnern wurde nicht eine einzige Frage in den zwei Runden der Bürgerfragestunde gestellt. Das ist ja ein Ding! Haben die hier keine Probleme mehr?
Mein Problem ist allerdings keineswegs gelöst. Ich weiß immer noch nicht, woran ich bin. Ist der Wald jetzt gerettet oder nicht? Irgendjemanden zu fragen ist sinnlos. Die Antwort kenne ich ja inzwischen zur Genüge. Garantiert kommt in dem Satz die Bezeichnung "nichtöffentlich" vor. Ich habe es so satt!

Im Sommer

Die parlamentarische Sommerpause gilt auch für die Stadtverordneten. Also passiert wieder einmal nicht. Das Bundesministerium für Ernährung und Waldwirtschaft plant die Deutschen Waldtage, während im Hambacher Forst in Nordrhein-Westfalen Bäume, die mehr als einhundert Jahre alt sind, einem Braunkohletagebau weichen sollen. Die kämpfen dort schon seit mehr als fünfzehn Jahren um den Erhalt ihres Waldes. Was sind da zwei Jahre für uns, versuche ich mich zu motivieren.
Diesmal passe ich aber genau auf, wann die nächste Stadtverordnetenversammlung ist. Das darf mir nicht noch einmal passieren, dass ich so einen Termin vergesse. Sonst denken die noch, ich habe aufgegeben. Natürlich ist mir immer noch nicht klar, wen ich mit DIE meine. Aber das ist mir egal.
Ich würde ja auch gern etwas zu den Deutschen Waldtagen machen. Irgendeine Veranstaltung, etwas was die Wichtigkeit und die Bedeutung des Stadtwaldes für uns alle unterstreicht. Aber an dem Wochenende ist schon eine große Laufveranstaltung im Heidenholz. Wir bieten unsere Hilfe an, aber man lehnt danken ab. Was können wir sonst tun?
Schon wieder Müll sammeln? Genug finden würden wir ja. Ich verstehe die Leute nicht.

Warum muss man seinen Abfall in den Wald schleppen? Immer wieder finde ich beim Spazierengehen kleinere und größere Müllberge. Wissen die Wulfenforter ihre grüne Lunge eigentlich zu schätzen? Manchmal kommen mir Zweifel. Und dafür habe ich mich nun ins Zeug gelegt? Zum Glück verfliegen solche Gedanken schnell wieder, wenn ich mit dem Hund durch den Wald laufe.

Wir haben es so schön hier! Das ist keine einheitliche Nutzwaldplantage, sondern ein abwechslungsreiches Stück Natur, wie man es sonst selten hat. Auf einer relativ kleinen Fläche wechseln sich Laub-, Misch und Nadelwald ab. Manchmal geht man um eine Kurve und vermeint, dass man in einem ganz andern Wald steht als zuvor. Die aufgelassenen Quartiere der alten Baumschule zaubern dann mit ihren Bäumen und Sträuchern ab und zu einen Hauch Exklusivität in das ganze Refugium. Nicht, dass es sich um besonders exotische Arten handeln würde. Die hat man zu DDR-Zeiten hier kaum angepflanzt. Hier wachsen aber schon einige andere Bäume, als die gewohnten Buchen, Fichten und Kiefern. Nichts gegen die drei, aber das Auge erfreut sich auch schon mal gern an seltenen Anblicken. Wenn ich von so einem Spaziergang aus dem Wald zurückkomme, dann bin ich mir wieder sicher, dass es richtig ist, nicht klein bei zu geben.

19. September

Heute hätte meine Oma Geburtstag. Aber das tut nichts zur Sache. Sie weilt schon lange nicht mehr unter uns. Und ich habe diesmal auch kaum Zeit, um an sie zu denken. Heute ist Stadtverordnetenversammlung. Das ist mein Thema des Tages. Diesmal habe ich den Termin nicht verbrummt! Und so stehe ich in der ersten Runde der Bürgerfragestunde auf und will wissen, wie der Stand zur alten Baumschule Heidenholz ist. Irgendwie habe ich Dr. Freundlich wohl damit verärgert. Aber was hat er denn von mir erwartet, wenn ich gleich vorn in der zweiten Reihe sitze? Ziemlich mürrisch und kurz angebunden erklärt er, dass es keine neue Sachlage zum Thema gibt. Die Fläche würde nicht verkauft oder verpachtet.
Ich überlege, ob ich eingeschnappt sein soll, weil er mich so unfreundlich behandelt. Aber dann sage ich mir, dass ich auch nicht immer gut gelaunt bin. Einzig und allein seine Aussage zählt. Grinsend ziehe ich mein Handy aus der Tasche und verkünde auf Facebook: Live aus der Stadtverordnetenversammlung : Der Bürgermeister sagt, dass es keinen Verkauf gibt.

Im Herbst

Ich habe es mit meinen eigenen Ohren gehört. Es stand in der Zeitung. Unser Wald ist gerettet. Was will ich noch? Warum kann ich das ewige Misstrauen jetzt nicht einfach ablegen und mich voller Energie meinen Liebesromanen widmen? Was macht so ein vermeintlicher Kampf gegen Windmühlen mit einem Menschen? Ich habe mich in den zwei Jahren verändert. Selbst die Heldinnen in meinen Büchern sind jetzt anders geworden. Sie haben nicht mehr nur die Liebe im Kopf. Sie engagieren sich oder entwickeln ungeahnte Heimatgefühle. Ich glaube sogar, dass das gut ist und den Leserinnen gefällt. Was macht so ein, nennen wir es einmal Vorgang, mit einer Kleinstadt? Schafft es ein gewisses Maß an Bewusstsein für Demokratie? Zumindest sitzen bei den öffentlichen Stadtverordnetenversammlungen mehr Bürger als früher im Saal. Werden die Stimmen, die "man kann ja doch nichts machen" sagen, jetzt weniger? Ich weiß es nicht.
Und was ist mit dem Unternehmer, der seine Erdbeerplantage erweitern wollte und auf unerwartete Gegenwehr gestoßen ist? Fast alle Menschen essen gern Erdbeeren. Wird er irgendwann erkennen, dass es nicht darum ging, neue Erdbeerfelder zu verhindern, sondern

darum, den Wald zu retten? Ganz zum Anfang habe ich einmal versucht, ihm das zu erklären. Aber ich glaube nicht, dass er verstand, was ich meinte.

Es gab und gibt eine nicht geringe Anzahl von Leuten, für die so eine aufgelassene Baumschule einfach ein Haufen Gestrüpp ist. Brandenburg ist in unserer Gegend nicht gerade waldarm. Manche können das ganze Theater nicht nachvollziehen. Schließlich sind Erdbeerfelder auch irgendwie Natur. Sind die jetzt froh, dass jetzt alles vorbei ist und man sich in unserer Stadt wichtigeren Problemen zuwenden kann? Und so richtig kann ich auch nicht ermessen, welchen Preis ich für diese Veränderung gezahlt habe. Jetzt muss ich erst einmal los. Ich kann nicht einordnen, wo dieses Motorsägengeräusch herkommt. Da werde ich lieber mal nachschauen.

Impressum

ISBN: 9781728924427
Imprint: Independently published
© Autor Cornelia Wriedt 2018
1. Auflage Alle Rechte vorbehalten.
Kontakt: Cornelia Wriedt, Hainholz 6, 16928 Pritzwalk
www.cornelia-wriedt.de
Covergestaltung: Canva

Autorenbiografie

Cornelia Wriedt wurde 1962 in Leisnig/Sachsen als Tochter eines Försters geboren. Nach der Berufsausbildung als Keramtechniker mit Abitur versuchte sie sich in verschiedenen Berufen. Später schulte sie zur Garten- und Landschaftsgestalterin um und arbeitete etliche Zeit in einer Baumschule. Danach folgten Ausbildungen im Computer-Bereich sowie in Feng Shui, Geomantie und Qigong. Einige Jahre war sie in der Erwachsenenbildung tätig. Dort hat sie nicht nur Wissen vermittelt, sondern auch erfahren, welche Probleme und Wünsche viele Menschen mit sich herumtragen. Daraus entstand der Gedanke, ihren Kindheitswunsch aufzugreifen und Bücher zu schreiben. Zuerst entstanden Ratgeber zu den verschiedensten Themen. Nun folgte der erste Roman, der in der Prignitz spielt, wo die Autorin heute mit ihrer Familie und etlichen Tieren lebt. Weitere Bände sind schon in Arbeit.

Mehr Infos: www.cornelia-wriedt.de

Printed in Poland
by Amazon Fulfillment
Poland Sp. z o.o., Wrocław